DUMONT

Zwei Männer, die beide mit derselben Frau verheiratet waren, begeben sich auf eine gemeinsame Segeltour. Nur einer von ihnen kehrt zurück.

Eine Dreiecksgeschichte? Ein Krimi, könnte man meinen, als Olof Besuch von der Polizei erhält und zu berichten beginnt: von seinem Freund Harald, den er zuvor zwanzig Jahre lang nicht gesehen hatte, von Elin, der Frau, die beide Männer miteinander verband und voneinander trennte, und schließlich von Haralds Verschwinden. Olofs Bekenntnisse zeigen, dass sie beide Motive hatten, den jeweils anderen zu ruinieren. Dann aber kommt ein Brief zum Vorschein, der die Dinge in ein gänzlich anderes Licht setzt …

Ein ebenso raffiniertes wie elegantes Buch über die großen Paradoxe des Lebens: die Macht des Schicksals, die Unausweichlichkeit des Todes, vor allem aber die Liebe, die über allem zu stehen scheint. Voll spätsommerlicher Atmosphäre und in souveräner, klarer Sprache erzählt Johan Bargum von einem Dreiecksverhältnis und dem Gepäck der Vergangenheit, das sich nie abschütteln lässt.

Johan Bargum, geboren 1943 in Helsinki, lebt in Espoo und gilt als einer der prominentesten finnlandschwedischen Autoren. Er veröffentlichte mehrere Romane, Erzählungen, Drehbücher, Hörspiele und zahlreiche Theaterstücke, die weltweit aufgeführt werden. Im mareverlag erschien 2018 der Roman ›Nachsommer‹, der bei DuMont als Taschenbuch vorliegt.

Johan Bargum

Septembernovelle

Roman

Aus dem Schwedischen von
Karl-Ludwig Wetzig

DUMONT

E s wehte eine schwache Brise an dem Tag, an dem wir segeln wollten, Harald und ich.

Zwar hatte ich den Proviant, die Bücher, Spinnaker, Sturmfock und Konservendosen schon an Land geschafft, aber den Rest hatte ich an Bord gelassen, obwohl die Saison eigentlich schon vorüber war. Das Schiff sollte bald aus dem Wasser genommen, auf seinen Lagerbock gelegt und zusammen mit all den anderen in einen dunklen Schuppen geschoben werden, mast- und machtlos, den vierkantigen Flossenkiel unter dem Bauch hängend, nackt und hilflos. Man gewöhnt sich nie daran, dass die Saison so kurz ist. Man trottet zum Ufer hinab und betrachtet sein Schiff, wie es vertäut daliegt und gegen den Hintergrund der vergilbenden Laubbäume am Waldrand jenseits der Bucht ein trauriges Bild abgibt. Ein Segeltörn im Herbst, denkt man, das wäre was. Und weiß zugleich, dass daraus nie etwas wird. Aber man gewöhnt sich nie daran.

Meine Jacht heißt *Alkyone*. Sie ist eine H-35, eine passende Typbezeichnung für ein fast fünfunddreißig Jahre altes Schiff; schlank, schöner Rumpf, untertakelt, angenehm zu segeln. Sie ist nach einer unglücklichen Königin benannt, die mit einem König Keyx verheiratet war. Die beiden waren unendlich glücklich miteinander – dann gab es natürlich Krieg. Keyx bestieg mit seinen Soldaten ein Schiff, und Alkyone sah ihn nie wieder. Untröstlich lief sie Tag für Tag am Ufer auf und ab, spähte aufs Meer hinaus und weinte. Am Ende hatten die Götter Erbarmen mit ihr. Zeus schickte Morpheus, der ihr im Schlaf die Nachricht vom Schicksal ihres Mannes überbrachte: Er war in einem gewaltigen Sturm umgekommen, und sie sollte sich mit dem Gedanken abfinden, dass er ertrunken und tot war, und aufhören, tagelang am Ufer zu stehen und aufs Meer hinauszuschreien.

Sie fand sich nicht damit ab.

Am nächsten Morgen ging sie wie üblich zum Strand und weiter ins Wasser und verschwand. Die Götter ergriff dieser tragische Untergang so sehr, dass sie Alkyone und ihren Mann wiederauferstehen ließen, doch nicht als Menschen, sondern als Eisvögel. So durften sie sich weiterhin lieben, draußen auf dem Meer, das ihnen so übel mitgespielt hatte. Doch als sie Nachwuchs in die Welt setzen wollten, ging das schief. Da sie keine geborenen Vögel waren, wussten sie es nicht besser, als sich ein Nest auf dem Wasser zu bauen, und sobald sie ein Ei gelegt hatte, kamen die Wellen angerollt und zerschmetterten es auf den Klippen am Ufer. Da griffen die Götter ein drittes Mal ein und bestimmten, dass jedes Mal, wenn der Eisvogel Alkyone ein Ei legte, das Meer eine Woche lang unbeweglich still sein solle, damit sie das Ei ausbrüten konnte.

Langweile ich Sie, Herr Kommissar? Möchten Sie eine Tasse Kaffee? Ich bin froh, dass wir dieses Gespräch hier führen können – ach, das ist ein Verhör, sagen Sie. Hier in meinem Wohnzimmer und nicht in einem von Ihren neonbeleuchteten, leicht hallenden Vernehmungsräumen mit kahlen Wänden und undurchsichtigen, dunklen Fenstern, durch die man sich beobachtet fühlt, obwohl man nur sein eigenes Spiegelbild sieht.

Haben Sie ihn gefunden?

Ein Schokoladenbonbon vielleicht? Sie heißen Marianne.

Es gibt sie schon, solange ich denken kann. Vor einem halben Jahrhundert hatte ein Kaufmann in das Fenster seines Kolonialwarenladens – ja, ja, so hieß das damals – eine große Bonbonniere voller Mariannen gestellt. Man sollte raten, wie viele in dem Glas waren. Mit 917 lag ich goldrichtig. Ich gewann alle 917 Bonbons und eine Reise nach Rom. Aber ich war erst dreizehn, darum meinte meine Mutter, sie müsse mich begleiten, und so schleppte sie mich durch sämtliche Ruinen der Welt und tanzte abends mit dunkelhaarigen Kerlen; das Ganze war etwas peinlich. In den Bonbons ist nicht gerade viel Schokolade, man muss erst eine dicke Schicht Pfefferminz ablutschen, bevor man an den kleinen Kern aus Schokolade kommt. Das dauert eine Weile. Ich hoffe, Sie haben es nicht allzu eilig. Der Brief, den Sie erwähnten, hat mich überrascht und unangenehm berührt. Wir müssen das klären. Auch das kann eine Weile dauern.

Harald rief am Freitag um Viertel nach zehn an. Ich lag gerade in der Badewanne. Meine Frau Elin hat jeden zweiten Tag gebadet. Einmal hat sie vorgeschlagen, ich solle zu ihr in die Wanne steigen. Das fand ich irgendwie unappetitlich. Mittlerweile aber bade ich jeden Morgen. Ich gleite in die Wanne, bis nur noch die Nasenspitze aus dem Wasser guckt. Es fühlt sich an wie eine große, warme Umarmung. Inzwischen denke ich nicht mehr die ganze Zeit an sie, das Baden ist keine Art, sich an sie zu erinnern, sondern vielleicht eher eine, sie zu vermissen.

Alkyone, pflegte sie zu sagen, warum, um Himmels willen, nennt man ein Boot nach einer überspannten Hysterikerin, die sich ersäuft hat?

Dass ich an Elin denke, wenn von Harald die Rede ist, überrascht vielleicht nicht so sehr, wenn man bedenkt, dass sie seine Frau war, bevor sie meine wurde, aber das haben Sie natürlich längst selbst herausgefunden.

Es gibt viele Dinge, an die ich nicht glaube, Gott zum Beispiel. (Elin und Harald glaubten an Gott und außerdem auch an den Papst, aber darauf darf ich vielleicht später zurückkommen.) Ich bin auch nicht abergläubisch. Dass ich mich im Bus nie in die erste Reihe hinter dem Fahrer setze, beruht allein auf gesundem Menschenverstand: Bei einem Frontalzusammenstoß wird der, der ganz vorne sitzt, mit dem Kopf gegen die Plexiglasscheibe im Rücken des Fahrers geschleudert. Ich glaube auch nicht an solchen Hokuspokus wie Naturmedizin, Homöopathen, Traumdeutung oder Telepathie.

Ebenso hielt ich Liebe auf den ersten Blick lange für dummes Zeug – aber darin habe ich mich getäuscht.

E s war so: Vor neunzehn Jahren saß ich an einem frühen Juniabend an Deck der *Alkyone* und spannte die Wanten. Sind Sie Segler, Herr Kommissar? In dem Fall wissen Sie, um was für eine nervenaufreibende und unwissenschaftliche Tätigkeit es sich handelt. Ist eine Want zu lose gespannt, geht der Mast über Bord. Spannt man sie zu straff, kann man die Verankerung der Püttings beschädigen, mit demselben Ergebnis. Also spannt man mal auf der einen Seite, mal auf der anderen, Wanten und Unterwanten, peilt zum Masttopp auf, glaubt mal dies, mal das und gibt am Ende auf, sich vollkommen bewusst, dass man keine Ahnung hat, was letztlich dabei herausgekommen ist.

Die *Alkyone* lag wie immer an ihrem Liegeplatz am mittleren Schwimmsteg auf Björkholm. Es wehte frisch aus Südost. Die Fallen schlugen gegen die Masten im Hafen wie eine ganze Zwergenarmee, die über einen Parkettboden trappelt. In der Kajüte eines Boots weiter weg hatte jemand das Radio eingeschaltet, *Smoke gets in your eyes*, ein Song aus meiner Jugend. Ich erinnere mich an ein dunkles Zimmer in einem alten Holzhaus, in dem es nach Schimmel und Verfall roch, und an den Körper einer jungen Frau an meinem – wir trugen beide Sachen aus Terylen, und es war ein leises, knisterndes Rascheln zu hören, als unsere Körper aneinanderrieben. Ein paar Tage später nahmen wir den Bus hinaus nach Noux. Sie trug einen grün gesprenkelten Anorak und sah aus wie ein junges Bäumchen. Nach einer Weile erreichten wir einen kleinen See, auf dem lautlos ein Sterntaucher schwamm und den Hals reckte. Wir setzten uns auf eine Klippe und beobachteten den einsamen Vogel. Etwas später stand sie auf und ging weg. Ich dachte, sie müsse mal hinter einem Busch verschwinden oder so, aber sie ging ganz weg, machte sich aus dem Staub, einfach so. Ich weiß nicht mehr, worüber wir geredet haben, und erinnere mich kaum mehr, wie sie ausgesehen hat, nicht einmal an ihren Namen. Aber ich erinnere mich noch an den Sterntaucher.

Man hat Zeit, an solche Dinge zu denken, während man sich mit den Wantenspannern beschäftigt. Dabei dachte ich damals eigentlich gar nicht so viel an Frauen. Meine Ehefrau, die erste in der Reihe, hatte beschlossen, Golfspielen zu lernen. Komischer Einfall. Mir käme es nie in den Sinn, Stunde um Stunde auf kurz geschorenen Rasenteppichen herumzulaufen, um einen kleinen Ball in ein ebenso kleines Loch zu bugsieren. Sie kaufte sich einen Satz Schläger und fuhr zu einem Anfängerkurs nach Portugal. Auch sie kam nicht wieder. Als sie nach einem halben Jahr doch auftauchte, tat sie das nur, um zu packen, was sie aus unserem Haus mitnehmen wollte. Zu der Zeit hatten wir uns schon schriftlich auf eine Scheidung verständigt. Die Leute glauben immer, es müsse jede Menge aufwallende Gefühle und knallende Türen geben. Mit Schadenfreude in den Augen erzählten sie mir, sie sei mit einem Chirurgen im Vorruhestand zusammen. Na und? Unsere Ehe war zu Ende, als unsere Tochter zu Hause auszog. So kann's auch gehen, selbst wenn die meisten, denen das passiert, es vorzuziehen scheinen, die Augen zu- und weiterzumachen, womöglich aus alter Gewohnheit, vielleicht auch, weil die Einsamkeit sie schreckt. Aber das ist dumm. Einsam zu sein, ist genau, wie eine Diät zu machen oder mit dem Rauchen aufzuhören: Man gewöhnt sich daran.

Auch so kann man sitzen und grübeln, allein, während man sich einbildet, man hätte endlich die richtige Spannung in den Backbordwanten.

Ich hörte sie nicht kommen. Ich weiß nicht, wie lange sie vor dem Bug gestanden hat, bevor sie sagte: »Die haben schon was, diese Groop-Boote.«

Ich drehte mich um und erblickte sie, wie sie dastand, die Hände in den Taschen einer weiten graublauen Baumwollhose, die im Wind flatterte. Die tief stehende Sonne verlieh ihrer Gestalt scharfe Umrisse, und der Wind zerrte überall an ihr, an der Hose, der Bluse, den blonden Haaren.

Ich war vollkommen unvorbereitet. Etwas durchfuhr mich. Meine Hände begannen zu zittern, der große Schraubenzieher knallte aufs Deck, schlug einen Purzelbaum über die Reling und plumpste ins Wasser.

»Den hat der Klabautermann geholt«, sagte sie.

»Was?«

Sie lächelte.

»Störe ich vielleicht?«

Sie hatte eine lange und schmale, ganz leicht schiefe Nase. In ihren Augen lag etwas Schläfriges: schwere Lider, helle, spitz gewinkelte Augenbrauen. Ich fragte mich, wer sie war und warum sie mir, um alles in der Welt, nicht schon viel, viel früher begegnet war.

»Möchten Sie vielleicht an Bord kommen?«

Sie lachte. Es ging mir wieder durch und durch. Nein, sie hatte keine Zeit, an Bord zu kommen, sie musste zu ihrem eigenen Boot zurück, das nicht mehr lange ihr Boot sein würde, weil ihr Mann es meistbietend zu verkaufen gedachte.

So waren die Zeiten damals. Die Menschen verkauften jeden Luxus, um zu überleben. Arbeiter standen vor geschlossenen Werkstoren. Man stellte sich in Schlangen an für einen Teller warme Suppe. Man bettelte bei seiner Bank um Kredit, sofern es sie noch gab.

Sie stellte sich vor.

»Vielleicht kennen Sie meinen Mann.«

Ja, sicher, Harald. Er hatte mir bei der Bank noch nicht die Tür eingerannt. Noch nicht.

Sie zog ein kleines Zopfgummi aus der Tasche und bändigte in einer einzigen Handbewegung ihr wehendes Haar zu einem strammen, eleganten Pferdeschwanz, wie Frauen es tun, ohne dass man begreift, wie sie das überhaupt machen.

»Es weht ganz schön«, sagte sie.

Und ich hatte nie an Liebe auf den ersten Blick geglaubt.

Aber sicher, Herr Kommissar, jetzt sprechen wir über die Segeltour. Wir fangen noch mal von vorne an.

Ihr Kollege ist so schweigsam. Ist er auch ein Kommissar? Ach, bei solchen Anlässen kommen Sie immer zu zweit? Gut, ich werde jetzt nicht den alten Witz aufwärmen, Sie wissen schon. Möchte er vielleicht einen Kaffee?

Sie sagen also, Harald habe vor seinem Verschwinden so etwas wie einen Brief geschrieben, den Sie mich aber nicht lesen lassen wollen, bevor wir zu Ende geredet haben. In diesem Brief, behaupten Sie, schreibe Harald, ich wäre derjenige gewesen, der ihn anrief und einen Segeltörn vorschlug. Das verstehe ich nicht.

Wozu hätte ich das tun sollen?

Das Einzige, was ich von ihm in den letzten fünfzehn Jahren gehört habe, war, dass er angeblich Krebs bekommen hatte. Wenn es um Krebs geht, verbreitet sich das Gerücht in Windeseile: Den oder die hat es erwischt, jemand anderen, nicht mich, nicht dich.

Im Gegenteil, er wäre sicher der Letzte gewesen, den ich angerufen hätte, wenn ich einen Mitsegler gebraucht hätte. Es soll ja heutzutage Männer geben, die einmal mit derselben Frau zusammen waren und danach Tennispartner oder beste Freunde sind. Zu denen gehöre ich nicht.

»Olof«, hat er gesagt, »hier ist Harald.«

Er hörte sich müde an. Seine Stimme klang tiefer als früher, als wäre er ein zweites Mal im Stimmbruch gewesen.

»Grüß dich«, sagte ich und erkundigte mich nicht, wie es ihm ging.

Er wolle sich kurzfassen, sagte er. Mit dem Dunklerwerden der Abende und dem näher kommenden Herbst sei er von einem unbegreiflichen Verlangen gepackt worden, aufs Meer zu kommen. Leinen loswerfen, Segel setzen, Kurs nehmen, dem Horizont entgegenkreuzen, in einen Hafen einlaufen, in einer stillen Bucht, ohne etwas zu tun, in der Plicht sitzen, während die Dämmerung einfällt und die Sterne aufleuchten, mit einem Ohr am gluckernden Rumpf einschlafen, vom Gekreisch der Möwen aufwachen, Segel setzen und nach Hause zurückkehren.

Er wusste sonst niemanden, an den er sich hätte wenden können.

Ein letztes Mal, setzte er noch hinzu.

Eine Übernachtung würde er durchstehen.

Vor neunzehn Jahren, ein gutes Jahr nach dem Verkauf seines Segelbootes, hatte ich eine wichtige Unterredung mit ihm in der Bank. Seitdem hatte ich nie wieder ein Wort mit ihm gewechselt und ihn bloß zweimal gesehen, einmal im Schwedischen Theater und einmal an der Fleischtheke von Stockmann in Hagalund. Beide Male habe ich ihm zugenickt, aber er hat sich weggedreht.

Warum rief er ausgerechnet mich an?

Ich muss gestehen, dass ich neugierig wurde. Er kenne sonst niemanden, an den er sich wenden könnte. Das klang nicht besonders glaubwürdig.

Sind Sie von Natur aus neugierig, Herr Kommissar? Ich nehme es an, sonst hätten Sie wohl einen anderen Beruf gewählt. Alle erfolgreichen Menschen zeichnen sich durch eine gesunde Portion Neugier aus. Aber ganz ungefährlich ist das auch nicht. Als ich zehn war, stieg ich einmal in ein Ruderboot, und obwohl es heftig stürmte, ließ ich mich aus reiner Neugier auf eine Förde hinaustreiben, nur weil ich ausprobieren wollte, ob sich das Boot in den steilen, wütenden Wellen noch steuern ließ. Erst nach einer ganzen Weile habe ich angefangen, mir Gedanken zu machen, wie ich denn wieder in den Hafen zurückkommen sollte.

Natürlich bin ich auch neugierig auf den Inhalt des Briefs, von dem Sie behaupten, Harald habe ihn hinterlassen. Aber Sie möchten mich ihn nicht lesen lassen?

Noch nicht? Sie möchten erst meine Version hören?

E r war mager geworden. Seine Nase war spitz und scharf. Die Augen mit ihren schwarzblauen Rändern lagen tief in den Höhlen. Die Sachen, die er trug, schlotterten um seine dürre Figur.

Ein letztes Mal – es war nicht schwer zu verstehen, was er meinte.

Er bewegte sich allerdings überraschend leicht, fast graziös. Ich hielt ihm die Hand hin, um ihm an Bord zu helfen, aber das war gar nicht nötig. Mitsamt einem Rucksack auf dem Rücken stieg er mit geübtem Schritt über die Reling, schleuderte den Rucksack in die Kajüte und schüttelte mir die Hand.

»Danke«, sagte er. »Nett von dir, dass du dazu bereit bist.«

Er warf einen Blick hinauf ins Rigg.

»Und? Wollen wir?«

Es war warm an dem Tag, Sonnenschein, Helligkeit, Weite und eine fast gnadenlos klare Sicht in alle Richtungen. Nördlich von Melkö setzten wir die Segel. Harald wollte das unbedingt übernehmen. Während ich den Bug in den Wind stellte, mühte und rackerte er sich mit dem Großfall ab und rollte die Genua aus. Anschließend hockte er lange in der Plicht und japste.

Es wehte eine schwache Brise aus Südwest. Vor Skifferholm scheuchten ein paar fleißige Regattasegler ihre 49er umher. Ein Flug Weißwangengänse strich über den Turm der Agricolakirche heran und flog weiter dem offenen Meer zu nach

Süden. Auf der Terrasse des Cafés *Carusel* saßen die Leute in Hemdsärmeln. Die Ahornbäume im Seepark röteten sich. Die Sonne leuchtete auf den pastellfarbenen Fassaden der Häuser auf Eira, einige Autos glitten geräuschlos über die Uferstraße am Brunnspark, die Fähre nach Sveaborg wirkte neben einer Schwedenfähre, die am Olympiakai aufragte, wie ein Spielzeugboot, und oben von ihrem Hügel besah sich die Storkyrka alles in größter Gelassenheit. Es war ein Tag, an dem man es nicht eilig haben musste. Ein Tag, an dem man sich nicht unbedingt darum kümmern musste, dass man die Genua noch etwas weiter dichtholen oder den Großschotwagen ein klein wenig mehr nach Luv verschieben sollte. Es war ein Tag, an dem man mit einem Finger am Ruder still dasitzt und denkt, was man im Herbst so denkt, während der leichte Südwest das Tuch streichelt und das Wasser leise um den Steven rauscht. Wenn Sie Segler wären, Kommissar, wüssten Sie, wovon ich rede.

Nicht bevor wir um Sveaborg herum waren und die Fahrrinne nach Osten erreicht hatten, stellte ich die naheliegende Frage:

»Warum hast du ausgerechnet mich angerufen?«

Er warf einen Blick hinauf ins Großsegel, dann seufzte er.

»Ich weiß es nicht«, sagte er, »aber es fühlte sich irgendwie richtig an.«

Dann ging er nach unten in die Kajüte und legte sich in eine Koje. Sein Körper zitterte leicht. Ich fragte mich, ob es die Krankheit war oder ob er weinte.

Ich schaltete den Autopiloten ein, steckte einen Kurs zwischen Torra Hästen und Svarta Hästen ab und saß dann eine Weile da und beobachtete ein kleines Motorboot, das langsam, aber stetig aufs offene Meer zuhielt.

ie haben ihn nicht gefunden? Aber Sie wollen, dass ich weitermache? Ich verstehe nicht ganz, warum. Sie wissen doch, was irgendwann im Lauf der Nacht passiert ist. Es sind ja einige von Ihren Leuten hinaus nach Kajholm gekommen, und ich habe ihnen alles erzählt, was ich weiß. Sicher war es tragisch, aber – Sie entschuldigen – vielleicht war es für ihn auch nicht der schlechteste Ausweg. Haben Sie Angst zu sterben, Kommissar? Vielleicht haben Sie darüber noch nie nachgedacht, Sie sind zu jung. Der Tod ist etwas, vor dem man vernünftigerweise keine Angst haben kann; es wäre dasselbe, wie davor Angst zu haben, dass die Bäume im Herbst ihr Laub verlieren oder die Erde sich um ihre eigene Achse dreht. Was man fürchtet, ist das Dahinschwinden, die Veränderung der Persönlichkeit, sind die Schmerzen. Genau wie wenn ein Baum seine Blätter verliert und anschließend hässlich und kahl dasteht und seine schwarzen Äste zum Himmel spreizt, ein Zerrbild dessen, was er einmal war. Das Grün, das leise Rascheln, das Vermögen, Schatten zu spenden – all das ist weg. Diese Angst steckt einem Tag und Nacht in den Knochen. Meist nimmt man Zuflucht zur besten Eigenschaft des Menschen, der segensreichen Fähigkeit, vergessen und verdrängen zu können. Zwischendurch aber holt man seine Angst hervor, wie man ein Portemonnaie aus der Gesäßtasche zieht, schaut sie sich an und überlegt, wie man vielleicht mit ihr umgehen könnte. Da einem aber nichts zu Gebote zu stehen scheint, hofft man, sich womöglich an sie gewöhnen zu können, wenn man sie nur oft genug hervorholt. Aber es ist vergebens. Man gewöhnt sich nie daran.

Wir machten am alten Anleger ganz im innersten Teil der Bucht von Kajholm fest. Der Südwestwind hatte zum Abend hin nachgelassen. Die Sonne war hinter den Kiefernwald auf der Insel gesunken, die Bucht lag im Schatten. Ein paar Optimisten-Jollen waren auf den Strand am Ende der Bucht aufgezogen, daneben ein kieloben gewendetes Ruderboot.

Sonst lagen keine weiteren Boote im Hafen.

Harald hielt sich noch immer in der Kajüte auf. Ich glaube, er schlief. Ich spannte ein paar Gummistropps um Baum und Großsegel. Danach ging ich an Land und trug meinen Namen und den des Boots ins Hafenbuch ein. Den Rest der Besatzung ließ ich weg. Das kann er selbst ausfüllen, wenn er will, dachte ich. (Dass Elins Exmänner zusammen segelten, hätte die an Klatsch interessierten Klubmitglieder natürlich amüsiert. Mir war's egal, aber vielleicht machte es ihm etwas aus.)

In den letzten fünf Tagen hatte niemand den Hafen angelaufen. Die Saison war vorbei. Der Klubwimpel war eingeholt und in seine Schublade gestopft worden. Die Gebäude waren verschlossen. Beim Grill unterhalb des Hafenmeisterhäuschens hatte jemand ein altes Paar Bootsschuhe vergessen. Sie standen ordentlich nebeneinander und sahen verlassen aus.

Im Wipfel einer Kiefer saß ein Baumfalke und beäugte mich misstrauisch.

»Hau ab«, sagte ich freundlich. »Um diese Zeit solltest du auf dem Weg nach Marokko sein, wo die Sonne scheint und du mit deinen Kumpeln Spaß haben könntest. Hier wird es bald einsam, dunkel, still und kalt.«

Der Vogel gab keine Antwort.

Der Leuchtturm auf der Klippe ganz im Westen blinkte pflichtschuldig, auch wenn niemand es sah.

Ich habe ein Foto von Elin, auf dem sie mit dem Rücken an diesem kleinen rot-weißen Leuchtturm lehnt. Es ging damals ein steifer Wind, und ihr Haar fliegt auf dem Bild nach Lee wie eine Wetterfahne. Wir waren an dem Tag von Pellinge herübergekreuzt. Übernachtet hatten wir am Gästesteg eines kleinen Hafens an der Südostspitze von Stor-Pellinge. Gegen Abend hatten wir in einem Imbiss, der sich *Benitas Café* nennt, einen Hamburger gegessen. Auf der Terrasse saßen grobschlächtige Einheimische und tranken Bier. Einer von ihnen kam an unseren Tisch gewankt. Wie sich herausstellte, war ihm komischerweise dasselbe passiert wie mir: Als er Elin sah, traf ihn der Schlag. Er war mindestens fünfundzwanzig Jahre jünger als sie, hochstehendes Bürstenhaar, breite Schultern, knallrotes Gesicht, Berufsfischer. Er ließ sich mit seinem Bierglas an unserem Tisch nieder, Elin genau gegenüber, fixierte sie und sagte: »Sie sind das Schönste, was es gibt.«

Es war durchaus ein bisschen peinlich, aber Elin, die die Ansicht hegte, man solle sich denen gegenüber höflich zeigen, die wir unter Auslassung eines Buchstabens Urinwohner nannten, lächelte hold, und nur wenig später hatte sie den Kerl auf einen Absacker an Bord eingeladen. Ich glaube, in Wahrheit fühlte sie sich schlicht geschmeichelt.

In der Kajüte hockte er sich ihr gegenüber auf die Koje des Skippers und stierte sie an. Sie zwitscherte irgendwas. Er zog einen Flachmann aus der Tasche und starrte sie unentwegt weiter an; das Einzige, was er herausbrachte, war: »Zum Teufel auch ...!«

Sie fragte, wie es denn mit dem Fischen gehe. Er nahm einen Schluck aus der Pulle, stierte sie an und wiederholte: »Teufel auch ...«

Dann ging plötzlich in seinem Kopf das Licht aus. Er kippte rückwärts auf meine Koje und begann lauter zu schnarchen als ein Nebelhorn. Ihn ins Leben zurückzuholen war aussichtslos, das Café hatte geschlossen, und wie wuchtet man einen hundertzwanzig Kilo schweren Berufsfischer von Pellinge aus seiner Kajüte? Ich durfte mich in die Vorpiek quetschen. Elin fand das Ganze furchtbar lustig. Als ich am Morgen aufwachte, waren die beiden verschwunden. Eine Weile später kam er mit seinem Fischerboot zurück, setzte Elin an Land ab und fuhr wieder davon. Elin erzählte, sie hätten Netze eingeholt, und von den Lachsen seien, wie ich mir denken könnte, bloß noch die Köpfe übrig gewesen, den Rest hätten sich die Seehunde geholt, und es sei ein reiner Skandal, dass man die Biester nicht abknallen dürfe. Sie war den ganzen Vormittag über strahlender Laune und voller Entrüstung über die bösen Seehunde. Im Windschatten von Bastuhamn refften wir das Großsegel und kreuzten auf die Bucht von Äggskär zu, wo die See immer kabbelig und seltsam unberechenbar ist. Gleich hinter Äggskär riss das Großsegel mit einem Knall, vielleicht hatte ich die Reffleinen zu straff gespannt. Also hieß es mit Motor gegen den Wind fahren, und die Wellen wurden nur immer noch höher und unangenehmer. Für die elf Seemeilen bis Kajholm brauchten wir drei Stunden. Elin wurde seekrank und hockte unter der Sprayhood. Ich saß am Ruder und wurde nass. Nachdem wir angelegt hatten, schliefen wir ein paar Stunden. Meine Koje roch nach Hering. Dann spazierten wir zum Leuchtturm, und ich machte das Foto von Elin mit den Haaren wie eine Wetterfahne. Sie sieht nachdenklich aus. Ich frage mich heute noch, woran sie gedacht haben mag.

Ich hielt Ausschau übers Meer. Nicht ein Boot in Sicht. Aber der Leuchtturm blinkte und blinkte. Leuchttürme sind wie Engel, pflegte Elin zu sagen. Wenn jemand sie braucht, sind sie da, und sie sind auch da, wenn keiner sie braucht.

Aha, Sie haben auf der Pistole fremde Fingerabdrücke gefunden? Sind Sie deswegen gekommen? Aber warum haben Sie das nicht gleich gesagt?

Na, sicher sind meine Fingerabdrücke darauf, ich habe die Pistole ja in der Hand gehabt.

Das kam so: Als ich von meinem Spaziergang zum Leuchtturm zurückkam, war Harald nicht mehr in der Kajüte. Sein Rucksack lag aber noch auf meiner Koje, und zwar offen. Als ich ihn auf die Backbordkoje rüberlegte, fiel mein Blick hinein. Viel hatte er nicht mitgenommen, Regenjacke und -hose, ein Handtuch, einen zweiten Pullover.

Und zu meiner Überraschung eine Pistole, eine halbautomatische Walther, 7,65 Millimeter. Na ja, Sie werden sie eingehend untersucht haben. Sie war gesichert, und es befand sich keine Kugel im Lauf. Aber das Magazin war mit zwei Patronen geladen.

Ich muss zugeben, dass ich anfing, mir ein paar Gedanken zu machen. Hatte er mich deswegen angerufen? War es Haralds Absicht hinter dem herbstlichen Segeltörn, mir eine Kugel durch den Kopf zu jagen? Als Retourkutsche, aus später Rache, jetzt, wo er selbst nichts mehr zu verlieren hatte?

Hatte er die zweite Kugel vielleicht sich selbst zugedacht?

Wo die Patronen sind? Na ja, die habe ich weggeworfen. Sicherheitshalber.

Was ich mit Rache meine? Dazu möchte ich erst später etwas sagen.

Kurze Zeit später kam er an Bord zurück. Er stieg an Deck,

bewegte sich langsam und merkwürdig schwerfällig. Er setzte sich in die Plicht und krümmte sich.

Sein Magen schmerzte.

»In meinem Rucksack ist eine Pillendose«, sagte er.

Ich hob seinen Rucksack in die Plicht und zog die Pistole heraus.

»Ist das hier deine Pillendose?«

Er lächelte.

»Gewissermaßen.«

Dann fischte er ein Glasröhrchen aus dem Rucksack, schüttelte zwei kleine lila Tabletten heraus und schluckte sie.

»Das hilft ein bisschen«, sagte er, »manchmal.«

Einen Anlegeschluck lehnte er ab. Er gönne es den Metastasen in der Leber nicht, es sich noch wohler ergehen zu lassen, als es ihnen ohnehin schon ging.

»Mit diffusen Schmerzen im Bauch fängt es an«, erklärte er. »Verstopfung, Blähungen, der Bauch sieht aus wie aufgepumpt, und was für Fürze! Aber du kümmerst dich nicht darum. Das ist wohl das Alter, denkst du, vielleicht gewöhnt man sich daran. Und dann sieht es eines Tages so aus, als hättest du eine Flasche Rotwein ins Klo geschüttet. Der Hausarzt guckt bekümmert und überweist dich an die Uniklinik. Da bekommst du einen Termin bei einem Gastroenterologen – bis dahin hattest du keine Ahnung, dass es so etwas überhaupt gibt. Man lernt ja nie aus, sagt der Gastroenterologe, ein permanent gut gelaunter Glatzkopf, und summt eine Arie aus *Carmen*, während er dir hinten einen dünnen Schlauch mit einem Auge am Ende einführt. Bösartiger Tumor im Dickdarm. Kein Grund zur Panik, damit haben manche noch Jahre gelebt, sagt der gut gelaunte Arzt. Sie gehen mit Computertomografie auf Jagd nach Metastasen; nichts weiter Beunruhigendes. Aber der Tumor ist zu groß, um ihn noch operieren zu können, also Strahlentherapie und Zytostatika in der Hoffnung, dass der Tumor auf operable Größe schrumpft oder wenigstens nicht den gesamten Darm verschließt. Das Ganze ist aber umsonst, weil ein weiteres präoperatives CT – all die neuen Begriffe, man lernt eben nie aus – ein paar Monate später zeigt, dass es mittlerweile Metastasen in der Leber gibt. Der fröhliche Facharzt lässt sich nicht entmutigen, ach ja, nur keine Panik, wir behandeln weiter mit Zytostatika und vielleicht mit Avastin oder biologischen Methoden oder mit monoklonalen Antikörpern, aber die Metastasen in der Leber wachsen, die Behandlungen lassen sich immer schlechter aushalten. Man weiß nie, was im Leben noch passieren kann, sagt der Arzt aufmunternd, aber ich glaube, jetzt lassen wir Sie einfach in Frieden. Zwei Jahre sind vergangen, seit es angefangen hat, und du weißt, dass dir nur noch weniger als ein halbes Jahr bleibt, bis alles vorbei ist, das muss sogar ein froh gelaunter Gastroenterologe zugeben.«

Die Pistole trage er immer bei sich. Er hoffe, den Mut zu finden, sie bald zu benutzen, aber er wolle es nicht zu Hause tun, das hinterlasse so hässliche Spuren. Er hoffe, sich an die Vorstellung gewöhnen zu können, dass es bald geschehen sollte und dass er sich dann traute, Nägel mit Köpfen zu machen, um sich unnötige weitere Quälerei und anderes Elend zu ersparen; an irgendeinem abgelegenen Ort, wo es keine große Rolle spielte, wo die Hirnsubstanz landet.

Er hat geseufzt.

»Leicht ist das nicht.«

Die Sonne war untergegangen, die Dunkelheit kam. Eine rosafarbene Wolke, geformt wie ein Hund, segelte langsam über die Mastspitze. Eine einsame Möwe ließ sich am Ende des Schwimmstegs im Nordosten nieder.

»Harald«, habe ich ihn gefragt, »warum hast du Kontakt zu mir gesucht?«

Er hat mich angesehen, sah vollkommen hilflos aus.

»Ich dachte, wir könnten ein bisschen über Elin reden.«

Der Brief steckte in seinem Rucksack? Handgeschrieben? Am selben Abend, dort im Hafen? Das ist merkwürdig. Ich frage mich, wann er die Zeit dafür gefunden haben soll.

Ob ich mich an ihm rächen wollte? Wofür denn?

Elin? Ja, wieso denn?

Ach so, darum. Und Sie wollen, dass ich das glaube?

Ach, ich verstehe. Sie haben recht. Es ist an der Zeit, dass wir ein wenig mehr über Elin reden.

ch saß da und blickte ihr nach, wie sie über den Steg davonging, weg von mir. Ich holte das Fernglas aus der Kajüte und betrachtete ihr Profil, als sie an den Felsbrocken des Wellenbrechers entlangging, dann das Tor passierte und schließlich hinter den dunkelroten Klubgebäuden verschwand.

Ich saß auf dem Kajütdach, um einen Schraubenzieher ärmer, und sah ihr nach.

Ich hatte sie lediglich ein paar Minuten gesehen, aber schon sehnte ich mich nach ihr, wie sich ein Schiffbrüchiger in einem Rettungsfloß auf hoher See nach dem Licht der Positionslampen eines Schiffes sehnt.

Das kann doch nicht alles gewesen sein, dachte ich.

Man findet sie im Telefonbuch. Sie kennen sie vielleicht, Herr Kommissar, obwohl ich annehme, dass diese Leute meist mit Verfehlungen zu tun haben, die nicht vor Gericht landen, schmuddelige Geschichten wie Betrug und Ehebruch. Ich wählte den Nächstbesten. Eine Frau antwortete, eine Sekretärin, nahm ich an. Sie klang so unpersönlich wie die Zeitansage. Sie schlug vor, ich solle sie in ihrem Büro aufsuchen, aber das lehnte ich ab, ohne richtig zu wissen, weshalb. Stattdessen verabredeten wir ein Treffen im Pub *Angleterre*, wohin sich Bekannte von mir kaum je verirrten. Damit sie mich erkennen konnte, sollte ich einen Schlips mit roten Punkten tragen. Das Ganze fühlte sich albern an.

Ich kam zehn Minuten vor der Zeit. Die Bar war fast leer.

Eine elegant gekleidete Dame saß vor einer Tasse Kaffee und blätterte in einer Abendzeitung.

Ich setzte mich mit einem Glas Bier in die hinterste Ecke. Ein dicker, fast kahler Mann warf mit überraschend eleganten, fast anmutigen Bewegungen Pfeile auf eine kompliziert unterteilte runde Scheibe. Er trug eine ausgebeulte schwarze Hose und eine blau-weiße Trainingsjacke, auf deren Rücken »Suomi« stand. Die Pfeile trafen die Scheibe mit einem leisen, ploppenden Geräusch wie Regentropfen ein Bootsdeck.

Nach einer Weile erhob sich die Dame und kam an meinen Tisch.

»Die Punkte sind eigentlich mehr orange«, sagte sie und lächelte.

Ich gebe zu, dass ich verblüfft war. Ich hatte einen Kerl in einem verschlissenen Trenchcoat und einem zerknüllten grauen Hut erwartet, unrasiert, müde, leicht verkaterte Augen, einen Marlowe aus Berghäll. Die Dame trug einen eleganten grauen Mantel, dazu einen Seidenschal und dunkelrote Lederhandschuhe. Sie war vielleicht fünfunddreißig, Kurzhaarfrisur, Stupsnase und neugierige braune Augen. Sie nahm Platz, zog ein in Leder gebundenes Notizbuch und einen Füllfederhalter hervor.

»Womit kann ich zu Diensten sein?«

Formell, neutral wie eine Nachrichtensprecherin.

Ich wusste nicht recht, wie ich anfangen sollte.

»Es geht um eine Frau …«

Sie sah mich mit ihren neugierigen Augen an.

»Also, es handelt sich nicht um meine Ehefrau.«

Sie schwieg.

»Ich habe keine Ehefrau, aber ich denke, ich könnte versuchen, eine zu finden.«

Sie nickte.

»Klingt nicht unvernünftig«, sagte sie. »Haben Sie ein Foto der betreffenden Dame?«

Zwei Wochen später trafen wir uns am selben Tisch wieder. Diesmal trug meine elegante Privatdetektivin dunkelblaue lange Hosen und einen smarten Tweedblazer. Sie brachte in einem Umschlag vierundzwanzig Fotos mit und hatte ein Dossier verfasst.

Es stellte sich heraus, dass Elin eine Frau mit kulturellen Interessen war. Sie besuchte Ausstellungen und ging ins Theater. Zweimal hatte sie mit Büchern unter dem Arm die Bibliothek in der Richardsgata aufgesucht.

Jeden Tag Schlag zwölf unternahm sie einen Spaziergang, von der Södra Hesperiagata 32 Richtung Strand bis zur Tennishalle, an der Tribüne an der Regattastrecke vorbei zum Sibelius-Denkmal, durch den Park und dann durch Tölögata und Runebergsgata zurück zur Södra Hesperiagata 32, dritte Etage. Sie nahm die Treppe, nicht den Aufzug.

Einmal war sie in die Linie 3 zur katholischen Kirche gestiegen. Sie hatte sich ganz vorn hingesetzt und eine halbe Stunde still dagesessen.

Die Fotos waren gestochen scharf und sachdienlich: Elin vor ihrer Haustür, Elin in einer Ausstellung, Elin mit dem Sibelius-Denkmal im Hintergrund.

Ich betrachtete sie. Es brauste mir in den Ohren. Ich glaube, ich wurde rot. Die Detektivin lächelte leicht.

»Wenn es sich so verhält, wie Sie gesagt haben, und Sie Orte suchen, an denen Sie der Dame begegnen und es so aussehen lassen können, als wäre es purer Zufall, dann würde ich mich an Ihrer Stelle für den Park entscheiden.«

Sie wollte ihr Honorar in bar, neunhundertachtzig Euro. Sie legte mir eine ordentliche Rechnung mit sorgfältig aufgeschlüsselten Einzelposten vor. Zuunterst stand: 1 Theaterkarte, Kleines Theater, 32,– Euro.

Sie guckte amüsiert.

»Eine kleine Überraschung.«

Im Allgemeinen mache ich um Theater einen Bogen. Meine Mutter hat davon geträumt, einmal Schauspielerin zu werden, aber es ging wie mit so vielen Träumen, am Ende durfte sie sich manchmal als Pförtnerin in ein kleines Glashäuschen am Bühneneingang des Schwedischen Theaters setzen. Ich weiß nicht mehr, wie alt ich war, als meine Mutter mich zum ersten Mal mit ins Theater nahm, und von der Vorstellung erinnere ich mich bloß noch an ein paar Prinzessinnen, die ich blöd fand, und an einen Drachen, bei dem ich mir vor Angst fast in die Hose gemacht hätte. Beim nächsten Mal versteckte ich mich in einem Kleiderschrank. Da hockte ich zwischen Unmengen von Stiefeln und Skischuhen mucksmäuschenstill im Dunkeln und atmete den speziellen Geruch schwerer Überkleider ein, während meine Mutter in der Wohnung herumrannte und mich beschwor, wenn ich nicht sofort zum Vorschein käme, würden wir zu spät ins Theater kommen. Ganz recht, dachte ich. Seitdem habe ich einen Bogen um Theater gemacht. Heute noch erfüllt mich ein Theatersaal mit einem Gefühl von Unbehagen und der Überzeugung, dass das, was sie da auf der Bühne vorspielen, von flüchtigen Trivialitäten handelt, die nicht die kleinsten Berührungspunkte mit mir, meinem Alltag und meiner Wirklichkeit haben.

Nun aber saß ich also im Kleinen Theater, Reihe acht, Sitz 140, der äußerste Platz am linken Rand, und versuchte mithilfe des Programmhefts herauszufinden, was für Prinzessinnen und Drachen diesmal auf der Bühne herumzuhüpfen gedachten. Meine gut gekleidete Detektivin hatte es abgelehnt, mir zu erklären, worin die Überraschung bestehen sollte.

»Wenn ich Sie wäre, würde ich in drei Tagen ins Kleine Theater gehen«, hatte sie bloß gesagt.

Gehen Sie gelegentlich ins Theater, Herr Kommissar? Für den Fall kann ich Ihnen einen guten Tipp geben: Kommen Sie früh und studieren Sie eine Weile das hereinströmende Publikum. Sie werden alle möglichen Sorten von Zuschauern sehen, die fahrigen und nervösen, für die es eine Tagesaufgabe zu sein scheint, den richtigen Platz zu finden, die sachlichen, die einfach schnurstracks ihren Sitz ansteuern und Platz nehmen, die von sich selbst überzeugten, die nicht bloß den Saal betreten, sondern daraus einen Auftritt machen: Lachen, unterdrückte Rufe, Kusshände. Das Ganze ist für sich schon eine Vorstellung, und zwar eine, die in den meisten Fällen mehr über uns Menschen erzählt als das, was hinterher auf der Bühne folgt.

Der Saal füllte sich, der Lärmpegel stieg, der Platz neben mir blieb leer.

Ich hörte, wie hinter mir die Türen geschlossen wurden.

Ein paar Scheinwerfer beleuchteten den dunkelroten Vorhang, das Licht im Saal wurde gedämpft.

Niemand hatte sich neben mich gesetzt.

Ich hatte mir trotz der Geheimniskrämerei der Detektivin natürlich gedacht, wer dort voraussichtlich Platz nehmen sollte.

Die Geräusche im Saal verebbten, und gerade als mich die Enttäuschung mit verheerender Kraft traf, kam sie. Plötzlich stand sie da und wartete mit einem leisen Lächeln ab, bis ich mich erhob.

Sie trug einen dunkelroten Hosenanzug. Sie war viel schöner als auf den Fotos. Dicht an mir vorbei schob sie sich auf ihren Platz. Ihre Schulter berührte mich, eine Strähne ihres Haars streifte mein Kinn. Die Berührung ging mir durch und durch wie ein leichter Stromstoß, ein Schwindelgefühl, ich spürte, dass ich plötzlich fröstelte.

Dann wurde es dunkel im Saal, und der Vorhang hob sich.

Finden Sie das vielleicht ein bisschen langatmig, Herr Kommissar? Sollen wir eine kurze Pause machen? Ein Tässchen Kaffee? Sehen Sie, das habe ich mir gedacht. Auch was den Kaffee angeht, bin ich leicht altmodisch, ich koche ihn noch wie früher, in einem Kupferkessel. Vielleicht lassen Sie mich Haralds Brief lesen, bis das Wasser kocht? Nein? Hm, auch das habe ich mir gedacht.

in paar belegte Brote mit Leberpastete? Ich dachte, eine so zwielichtige Gestalt wie mich zu verhören, hätte Ihnen vielleicht Appetit gemacht. Außerdem finde ich, Ihr schweigsamer Kollege sieht einigermaßen hungrig aus ...

Nein, im Ernst, ich habe draußen in der Küche ein wenig überlegt, und so langsam kommt mir der Gedanke, der Brief, den Harald hinterlassen hat, könnte womöglich ein paar Anklagen gegen mich enthalten. Darum muss all das auf den Tisch und besprochen werden. Es ist nicht auszuschließen, dass er sich, als eine letzte, verzweifelte Tat im Leben, doch an mir rächen wollte. Allerdings möchte ich betonen, dass es überhaupt nicht danach aussah, als wir in der Plicht saßen, während sich das Wasser in der Bucht unter einem schwachen Nordost kräuselte und die Dunkelheit einfiel.

Ich hatte eine Sturmlaterne auf die Achterducht gestellt. Über den Höhenrücken am Ende der Bucht stieg Jupiter mit seinem eigentümlich kalten, unbewegten und gleichgültigen Licht, groß wie ein Pingpongball.

Ich saß auf der Achterducht, er schräg vor mir, abgewandt, und guckte nach Süden.

Das Wasser gluckerte leise um den Rumpf.

Wir schwiegen.

Aufs Meer hinaus kommen, Leinen loswerfen, Segel setzen, Kurs nehmen, dem Horizont entgegenkreuzen, in einen Hafen einlaufen, in einer stillen Bucht, ohne etwas zu tun, in der Plicht sitzen, während die Dämmerung einfällt und die Sterne aufleuchten, mit einem Ohr am gluckernden Rumpf einschlafen, vom Gekreisch der Möwen aufwachen, Segel setzen und nach Hause zurückkehren.

Ja, daran mag er wohl gedacht haben.

An einem Augustabend im Sommer vor dem Unglück saßen wir in der Plicht und betrachteten den Mond, Elin und ich. In einer Bucht südlich von Hummelskär hatten wir einen guten Ankerplatz gefunden, hinter einer niedrigen Klippe, die Schutz vor dem Südwest bot. Wir sprachen nicht. Es kommt nicht darauf an, zu reden, wenn man auf diese Art zusammensitzt. An dem Tag waren wir über Skift gekommen, ein schöner, entspannter Schlag, bei dem die Zigarre nicht ausgeht. Mir fiel auf einmal auf, dass wir praktisch den ganzen Tag kaum miteinander geredet hatten. Auch das ist sicher nicht nötig, wenn das Tuch solchen Vortrieb gibt, das Wasser hinter dem Heckspiegel sprudelt und alles ist, wie es sein soll. Aber ich muss einräumen, dass Elin in den letzten Monaten ihres Lebens still geworden ist. Manchmal fühlte es sich so an, als hätte sie sich von mir abgewandt. Nicht feindselig, nicht als ob sie mir irgendetwas vorwerfen würde. Sie hatte sich nur in sich zurückgezogen, das war alles, und erst im Nachhinein habe ich mich gegen alle Vernunft manchmal gefragt, ob sie sich so auf irgendeine Art von Veränderung eingestellt hat, ob sie sich vorbereitet hat.

Sie hatte ein Fernglas. Saß da genauso abgewandt wie Harald und blickte nach Süden, wo der Mond orange und mit vom Abenddunst verwischten Rändern über die kleine Klippe heraufstieg. Sie betrachtete ihn eine Weile durchs Fernglas. Dann drehte sie sich zu mir um, hielt das Glas verkehrt herum an die Augen und musterte mich durch die umgedrehten Tuben.

»Jetzt bist du ungeheuer weit von mir entfernt«, sagte sie.

Dann zog sie sich aus, hängte achtern die kleine Bade-leiter außenbords und stieg ins Wasser. Ich ging an Land. Ein Hirsch stand unbeweglich zwischen Himbeersträuchern. Wir sahen einander eine Weile an. Als ich an Bord zurück-kam, war sie schon in ihre Koje gekrochen.

Jetzt bist du ungeheuer weit von mir entfernt. Das war das Einzige, was sie den ganzen Abend über zu mir gesagt hat.

Auch Harald war einsilbig.

»Wie ist es passiert?«

Ich berichtete, was ich wusste: An einem Oktobernachmittag hatte sie sich ins Auto gesetzt. Es hat geregnet an dem Tag. Sie muss zu schnell gefahren, wegen Aquaplaning ins Schleudern geraten, von der Straße abgekommen und frontal gegen einen Laternenmast geprallt sein.

»Auf dem Råtorpsväg?«

»Woher weißt du das?«

»Es stand in der Zeitung.«

Als es passierte, lag ich gerade im Krankenhaus. Ein völlig unwahrscheinliches, idiotisches Missgeschick: Während ich hinter einem zugezogenen Vorhang in einer Umkleidekabine ein neues Sakko anprobierte, hatte jemand im Fußboden davor eine Falltür geöffnet, ohne zu wissen, dass ich mich in der Kabine aufhielt. Ich bin dann kopfüber eine dunkle Treppe hinabgestürzt, als würde ich geradewegs in die Hölle fallen.

Achteraus leuchtete weit entfernt ein einsames rotes Licht über dem Waldrand. Richtig, es hatte in der Zeitung gestanden.

»War der Wagen in einwandfreiem Zustand?«

Er fing an, sich wie die Polizei anzuhören. Natürlich war der Wagen in Ordnung gewesen, ein drei Jahre alter Honda Accord. Aber es gab eine Reihe anderer Fragen, bei denen ich mir nicht so sicher war (und die Polizei hatte auch sie gestellt): Was hatte sie auf dem Råtorpsväg zu suchen? Ist es denkbar, dass sie mit Absicht von der Fahrbahn abgekommen ist?

Eine Eule glitt mit lautlosem Flügelschlag über die Mast-spitze. Harald krümmte sich und kreuzte die Arme über dem Bauch. Eine Zeit lang blieb er still so sitzen und hielt den Blick nach unten auf die Gräting gerichtet.

»Das mit ihr tut mir so weh.«

Wir blieben noch eine Weile in der Plicht sitzen. Der Wind war eingeschlafen, es war so still geworden, wie es das manchmal abends in einer Plicht werden kann. Wenn man eine kleine Welle gegen einen Stein plätschern hört, merkt man erst, dass man eigentlich der Stille lauscht.

Wir verließen das Theater Richtung Georgsgata, sie und ich. Es war noch hell, das durchsichtige Licht der Frühlingsabende. An der nächsten Straßenecke blieben wir stehen. Sie trug einen beigefarbenen Trenchcoat und zog den Gürtel um die Taille fest, wobei sie einen neugierigen Blick auf mich warf. Ich trug meinen Mantel über dem Arm und fühlte mich ungewöhnlich aufgeregt. Es war ein bisschen peinlich. Im Großen und Ganzen bin ich ein rationaler Mensch. Ich glaube nicht an all die großen Gefühle und Leidenschaften, die Bücher, Filme und Theaterstücke füllen. Die meiste Zeit leben wir in einer relativ überschaubaren und leicht langweiligen Wirklichkeit. Wir trampeln durch unser Leben, und es kommt, wie es kommt. Wir pusseln herum, bringen unsere Dinge in Ordnung, flicken und basteln, wählen dies, wählen das, meistens treffen wir ganz vernünftige kleine Entscheidungen. Wir spielen mit dem Blatt, das wir auf der Hand haben. Manchmal kann's auch danebengehen, dann sind wir für eine Weile niedergeschlagen. Aber deshalb gehen wir nicht ans Meer und brüllen los, und wir gehen auch nicht ins Wasser. Wir sitzen in unseren Wohnzimmern und gucken Fernsehen, und mit der Zeit geht es vorbei.

Ein Golfball fliegt in den Himmel, genau richtig berechnet, glaubt man. Dann kommt ein Windstoß, packt ihn und lässt ihn irgendwo im Gebüsch landen. Man sucht eine Zeit lang, gibt es dann auf, holt einen neuen Ball aus der Tasche und spielt weiter.

Da stand ich mit dem Mantel über dem Arm, im Begriff

vorzuschlagen, noch irgendwo einen Drink zu nehmen oder ein Häppchen zu essen, und fühlte, wie mir vor Angst der Schweiß ausbrach. Wenn sie dankend ablehnte oder wenn sie mir nur hastig die Hand schüttelte, auf dem Absatz kehrtmachte und davonging – was um alles in der Welt sollte ich dann tun?

Was sollte ich dann mit meinem Leben noch anfangen?

Sie aber lächelte und sagte: »Gern.«

Eine Sache gibt es, die alle Vernunft übersteigt, das muss sogar ich zugeben: dass sich zwei Menschen begegnen. Dass es Liebe gibt.

T ja, Herr Kommissar, so hat es angefangen. Am nächsten Tag schwänzte ich ein Strategieseminar, postierte mich am Sibelius-Denkmal und wartete auf sie. Es regnete. Ich hatte meinen alten Regenschirm dabei, ein trübseliges Teil, die Hälfte der Speichen war gebrochen, aber ich hatte es nicht über mich gebracht, ihn wegzuwerfen. Ich habe ihn vor langer Zeit in London geschenkt bekommen. Ich stand bei strömendem Regen in Knightsbridge und wartete auf einen Bus. Eine ältere Dame mit Hut und Regenmantel mit Kapuze und einer großen Handtasche blieb vor mir stehen, musterte mich eingehend und hielt mir dann ihren Regenschirm hin: »Take this!«

»Nein, Verehrteste, beim besten Willen ...«

»You look so wet and miserable, take it!«

Es regnete, und es war windig. Es brauste in den Orgelpfeifen des Denkmals. Am Vorabend, als wir im *Parilla* ein Steak aßen, hatte Elin behauptet, man könne sie unterschiedliche Töne pfeifen hören, wenn es windig sei. Das konnte ich nicht heraushören. Eine Busladung japanischer Touristen kletterte auf dem Felsen herum und bewunderte die Skulptur durch die Objektive ihrer Kameras. Unten am Strand warf ein Motorboot von seinem Steg los und fuhr langsam Richtung Tribüne an der Regattastrecke. Dann kam sie plötzlich hinter dem Touristenbus hervor, in knallgelbem Ölzeug. Die Kapuze hatte sie so festgezurrt, dass nur die Augen und die Nasenspitze zu sehen waren.

»Ach, du hier«, sagte sie, »welch ein Zufall.«

Ihre Augen lächelten.

»Du bist ein einsamer Mann und nicht sonderlich gut im Lügen.«

So hat es angefangen. Wir trafen uns dann immer öfter, aber das gehört eigentlich nicht hierher. Nach und nach ist sie dann bei mir eingezogen. Völlig undramatisch. Sie und ihr Mann hatten schon vor langer Zeit begonnen, ihre eigenen Wege zu gehen. Anfangs wollte er in keine Scheidung einwilligen; das wollen die ja nicht, in ihrer Kirche ist das nicht zulässig. Aber auch das ließ sich irgendwann regeln.

Wofür und warum hätte ich mich an ihm rächen sollen, können Sie mir das erklären?

Den Rest kennen Sie. Bei Sonnenaufgang bin ich aufgewacht, Haralds Koje war leer.

Ich musste mal an Land. Ich stellte mich zum Austreten hinter einen Wacholderbusch. Er war nirgends in der Hafenbucht.

Es war ungemütlich kalt. Ich rief nach ihm. Ich machte mir nicht direkt Sorgen, aber ich fand es merkwürdig, dass er nicht antwortete. Also lief ich quer über die Insel bis zur Südseite. Es ist steinig da.

Auch dort war er nicht.

Ich ging auf die Nordseite. Da wächst Wald bis ans Ufer. Ich suchte in sämtlichen Häuschen, Schuppen und Plumpsklos nach ihm. Ich ging einmal rund um die Insel, ich lief kreuz und quer, rief und rief.

Dann alarmierte ich die Küstenwache.

An der südöstlichen Spitze der Insel gibt es eine hohe Klippe oder einen Felsen. Den erstieg ich und setzte mich auf den großen Anker, der oben auf der Kuppe liegt. Die Sonne verlieh den Klippen und Inselchen im Westen allmählich Farbe. Weit draußen zog ein Frachter seine Bahn nach Osten. Vor dem weiten Horizont wirkte er wie ein Spielzeugboot.

Eine Silbermöwe landete auf einem Stein an der Uferlinie und sah mich an.

So hockten wir beide und warteten. Ich fror entsetzlich.

m September, nur einen guten Monat vor dem Autounfall, spazierte ich am frühen Abend auf dem Heimweg von der Bank über den Marktplatz. Es war ein schöner, warmer Herbstabend, die Sonne glänzte auf den Kuppeln der Uspenski-Kathedrale, auf der Freitreppe der schwedischen Botschaft brannten zwei Partyfackeln, wichtige Persönlichkeiten fuhren in wichtigen schwarzen Limousinen vor und entschwanden durch die Tür. Zwei kleine Mädchen betrachteten etwas in der Brunnenschale von Havis Amanda. Die Straßenbahnen rumpelten in gemächlichem Tempo vorbei, die Menschen trugen die Überjacken über dem Arm, niemand schien es sonderlich eilig zu haben. Es war einer dieser Abende, an denen man sich auf einmal fragt, ob nicht trotz allem letztlich alles ganz in Ordnung ist. Da sah ich plötzlich Elin. Mit gesenktem Kopf ging sie ganz langsam am Schoner *Kathrina* und dem Cholerahafenbecken entlang zur Markthalle. Ich hatte schon den Arm gehoben und wollte ihr zurufen, aber dann ließ ich es und folgte ihr stattdessen. Es war anfangs nur ein spontaner Einfall, eine Art Scherz. In ausreichendem Abstand verfolgte ich sie genau so, wie es meine elegante Privatdetektivin getan haben musste. Es bestand keine Gefahr, entdeckt zu werden, denn sie hielt die ganze Zeit den Kopf gesenkt und ging geradeaus, ohne sich umzublicken. Sie reagierte nicht einmal auf ein Eichhörnchen, das vom Observatoriumshügel herabgehuscht kam und fast einen Unfall verursacht hätte, als es über die Straße sprang. Mit dreißig Meter Abstand gingen wir Södra Kajen entlang, und mir war schon klar geworden, dass es keineswegs bloß ein Scherz war. In den letzten Monaten war sie so weit weg von mir gewesen, wohin war sie nun unterwegs? Hatte sie sich einen Liebhaber zugelegt? Sie setzte ihre langsame Promenade fort, am Rondell oberhalb des Olympiaterminals vorbei, unter den Linden der Skeppsredaregata, und dann kam sie ans Ziel ihrer Wanderung, den rechteckigen hässlichen Ziegelbau, der schief auf die russische Botschaft herabblickt und den sie Sankt-Henriks-Kathedrale nennen.

Sie öffnete das Portal und trat ein.

Ich wartete einige Minuten. Ein gipserner Prophet in der Fassade hielt einen Finger warnend erhoben: Halte dich fern!

Eine Nonne fuhr auf den Hof hinter der Kirche. Dann stieg sie aus und schloss sorgfältig das Tor.

Traf Elin hier ihren Liebhaber? Wie ging man mit einem solchen Rivalen um?

Als sie später am Abend nach Hause kam, fragte ich sie, wo sie gewesen sei.

»In der Kirche«, antwortete sie. Dann begann sie plötzlich zu weinen.

»Es tut mir so furchtbar leid um dich«, schluchzte sie.

Warum, wollte sie nicht sagen, und ich hatte nicht die leiseste Ahnung, wie ich sie hätte trösten sollen.

ch weiß nicht, wie lange die Silbermöwe und ich dort hockten.

Schließlich rauschte ein Boot der Küstenwache in die Bucht und legte sich neben die *Alkyone*. Drei von Ihren Kollegen kamen an Land. Wenig später traf ein weiteres Boot ein, offenbar mit Ihren Kriminaltechnikern an Bord. Ich saß in meinem Cockpit und wartete. Zwei von Ihren Leuten kamen an Bord. Ich berichtete, was passiert war, von meinen Gesprächen mit Harald, von seiner Krankheit, davon, dass er darüber gesprochen hatte, sich das Leben nehmen zu wollen. Sie machten ihre Notizen. Ich wies darauf hin, dass die *Alkyone* an ihren Liegeplatz auf Björkholm gebracht werden müsse, ich wollte so bald wie möglich los, ich fühlte mich nicht besonders, ich wollte weg von der Insel.

Sie gingen an Land und sprachen in ihre Handys. Dann ließen sie mich fahren. Sie würden sich wieder melden, sagten sie – ich ahnte ja nicht, dass Sie noch am selben Nachmittag auftauchen würden. Ich ließ den Motor an. Ich händigte ihnen Haralds Rucksack aus und legte ab.

Ich motorte die ganze Strecke. Ich hatte alles an Kleidung übergezogen, was ich an Bord hatte finden können, und trotzdem, die gesamte Strecke durch die ruhigen Buchten fror ich und fror.

ie wollen, dass ich mit Ihnen nach Böle fahre? Wozu das denn? Sie möchten meine Fingerabdrücke nehmen? Aber ich habe doch schon gesagt, wenn es andere Fingerabdrücke auf der Pistole gibt, sind es ganz sicher meine, und ich habe erklärt, wie sie daraufgekommen sind. Ich sehe ein, dass ich das gleich auf der Insel hätte sagen sollen, aber wie hätte ich in dem Moment ausgerechnet daran denken sollen?

Ach ja, der verdammte Brief. Dann lassen Sie mich ihn doch endlich lesen, damit ich weiß, wovon Sie sprechen!

Wirklich? Und das glauben Sie?

Hören Sie, Kommissar. Es gibt da noch etwas, das Sie wissen müssen. Ein Vorfall, der dazu führte, dass sich Harald abwandte, sobald wir uns irgendwo begegneten. Ich habe nicht geglaubt, dass es etwas mit dem zu tun haben könnte, was auf der Insel geschehen ist, nicht, nachdem er mich angerufen und darum gebeten hat, ein letztes Mal mit ihm zu segeln, nicht, nachdem Elin schon über ein Jahr tot ist. Jetzt aber fange ich langsam an zu begreifen, dass er das Ganze vielleicht in allen Einzelheiten von Anfang bis Ende so geplant hat, in einem Versuch, sich sogar noch nach seinem Tod an mir zu rächen.

Wenn es so sein sollte, kann ich mir nur eine einzige Episode vorstellen, die er trotz allem nicht vergessen hat.

Es war Anfang der Neunzigerjahre, nachdem Harald sein Segelboot verkauft hatte und Elin nach und nach zu mir gezogen war. Ich weiß nicht, was er sonst noch alles verkauft hat; es war damals halt so. Elin erzählte, er hätte mit seinen Angestellten Streit und läge in den Nächten wach. Außerdem meinte sie, ihm würden oben auf dem Scheitel die Haare ausgehen. Da war er nicht der Einzige. Ich war damals Leiter unserer Zweigstelle in Vanda. Jeden Tag rannten sie mir die Tür ein, all die mehr oder weniger tüchtigen Kleinunternehmer, die auf einmal die Lager voll Zeug liegen hatten, das ihnen kein Mensch mehr abkaufte. Im Großen und Ganzen konnte man nicht viel machen. Manche von denen tauchten wenig später in der Zeitung auf, unter den Todesanzeigen. Meist ordnete ich an, dass meine Sekretärin die Anrufe der Witwen nicht durchstellte.

Es war nur eine Frage der Zeit, bis Harald aufkreuzen würde.

Er hatte mit seinem Unternehmen im eigenen Keller angefangen. Er hatte ein paar Dinge auf dem Gebiet der Wärmetechnik entwickelt, war aber schlau genug gewesen, das Ganze nur in bescheidenem Rahmen aufzuziehen. Er hatte seine Nische gefunden und beschränkte sich darauf. Es lief immer besser. Bald saß er mir in meinem Büro gegenüber, um einen Kredit für den Bau einer Werkstatt zu bekommen. Wir waren damals ja sehr großzügig mit Investitionskrediten, das muss ich sagen. Wir glaubten an ihn, wir waren von seinem Konzept angetan. Es hatte ja keiner von uns eine Ahnung, was noch auf uns zukommen sollte. Der Kreditausschuss hatte mir ziemlich freie Hand gegeben. Trotzdem sorgte ich dafür, dass seine Anteilscheine an der Wohnungsbaugenossenschaft in unserem Tresor deponiert wurden. Da lagen sie noch immer, als er bei mir aufkreuzte, mit einem Darlehen von zwei Millionen und mit zu vielen unbezahlten Tilgungsraten im Verzug.

Es sah in der Tat so aus, als würde er langsam kahl oben. In seiner Mappe schleppte er eine Menge Unterlagen an. Er nahm auf meiner Sitzgruppe Platz und breitete sie auf dem Tisch aus. Es war Mai. Die Sonne beleuchtete durch die schmutzigen Scheiben seinen Nacken und seine Schultern. Er saß da wie unter einem Spotlight. Er schwitzte. Er redete und redete. In der Werkstatt beschäftigte er zwanzig Mann, plus drei Frauen im Büro. Einige der Männer waren frisch verheiratet, die Frauen erwarteten Nachwuchs, und ihre Wohngenossenschaftsanteile lagen ebenfalls bei uns. Sein zweiter Mann war einmal Lehrer für Werken gewesen.

»Das hier ist ein privates Geldinstitut«, sagte ich, »nicht das Sozialamt.«

Sicher, sicher, aber auch die Bank habe schließlich eine Verantwortung, die ein wenig über Tabellen und Kalkulationen hinausginge, und außerdem gebe es Anzeichen dafür, dass das Schlimmste überstanden sei. Er hatte einen Anruf vom Onninen-Konzern erhalten. Die waren sich noch nicht ganz sicher, aber es könne gut sein, dass sie in wenigen Wochen eine Lieferung bräuchten, das Einzige, was ihm fehle, sei eine kleine Überbrückungshilfe für ein paar Monate, vielleicht ein halbes Jahr, danach würde der Betrieb wieder laufen. In der Tour redete er noch eine ganze Weile, am Ende drückte er seine Hoffnung aus, dass es Elin gut gehe, und er bat mich, so freundlich zu sein, sie zu grüßen. Ich stand noch am Fenster mit den Schmutzrändern, blickte nach draußen und schwieg. Eine Frau mit Kinderwagen blieb bei den Mülltonnen stehen, hob einen der Deckel an, schüttelte den Kopf und ging weiter.

Er hatte vielleicht recht. Die Auguren in der Zentrale am Mannerheimväg hatten in eine ähnliche Richtung zu raunen begonnen.

Der Kreditausschuss hatte mir ein bisschen Spielraum eingeräumt. Vielleicht hatten sie ein schlechtes Gewissen, weil wir ihm einen Fremdwährungskredit aufgeschwatzt hatten, der im Takt mit den Abwertungen um vierzig Prozent angewachsen war.

Ich setzte mich ihm gegenüber.

»Und was sonst?«

Er schüttelte den Kopf.

»Das weißt du genauso gut wie ich. Du hast den Zeitpunkt in der Hand.«

Ich schwieg. Ich ließ Zeit verstreichen. Meine Wanduhr tickte Sekunde um Sekunde herunter. Harald fingerte an seinem Schlips. Er schwitzte.

»Ich appelliere an dich«, sagte er. »Du kannst deine Spürhunde auf mich loslassen. Wir können die Produktion ändern, wenn es das ist, was ihr wollt. Aber zieh mir nicht den Boden unter den Füßen weg! Ich kann meine Männer nicht auf die Straße setzen, ich bringe das nicht fertig.«

Ich schwieg noch für einige Augenblicke. Die Uhr tickte.

Das Telefon auf dem Schreibtisch klingelte. Ich ließ es klingeln. Ich sagte: »Ich bin ein altmodischer Mensch. Ich mag es nicht, in Sünde zu leben.«

Das Telefon klingelte noch immer. Es war frisch installiert und hatte einen schrillen und durchdringenden Klingelton.

Er sah mich lange an. Unter seinen glänzenden, müden Augen lagen dunkle Ringe.

Es war Elin. Sie teilte mir mit, dass sie für den Abend zwei Theaterkarten besorgt hatte. Mit dem Hörer am Ohr drehte ich mich Harald zu. Er raffte seine Unterlagen zusammen. Ich erzählte Elin, dass er und ich gerade eine kleine Unterredung hätten, eine Besprechung mit einem für beide Seiten befriedigenden Ergebnis. Es setze allerdings voraus, dass er spätestens morgen Kontakt mit ihr aufnähme, in einer Angelegenheit, die uns alle drei betreffe.

So ist es gewesen, Herr Kommissar. Vielleicht finden Sie, dass ich mich wie ein Schwein benommen habe. Schon möglich. Aber in der Sache traf es zu, ich wollte Elin heiraten, auch wenn ich weiß, dass es nicht sonderlich zeitgemäß klingt. Und ich wollte nicht, dass irgendein Dritter darüber bestimmte, nicht Harald, nicht seine Kirche, nicht sein Papst und nicht sein Gott. Ich wollte keinen von ihnen zwischen Elin und mir stehen haben.

Man spielt mit dem Blatt, das man auf der Hand hat.

Wir haben einen Monat später vor einem Notar geheiratet. Ganz einfach. Meine Tochter schickte Glückwünsche aus Kopenhagen, wo ihr Mann finnische Kultur unter den armen Dänen verbreitete. Nach der Zeremonie gingen wir mit Elins Sohn, der aus London eingeflogen war, irgendwo Mittag essen. Ich verstand mich gut mit ihm. Ich hatte seine Mutter aus der klammernden Umarmung der Kirche gelöst, wie er es ausdrückte. Elin lächelte nur dazu und zuckte die Schultern.

Mehr gibt es jetzt kaum noch zu erzählen. Nach meiner Pensionierung stellten sie mir ein Kabuff am Mannerheimväg zur Verfügung, wo ich mich mit gewissen Investmentanalysen beschäftigte, mit denen sich sonst kein Mensch mehr abgeben wollte. Viele Zahlen, aber ich habe Zahlen immer gemocht. Wir lebten unser Leben, einen Tag nach dem anderen. Es war nichts Besonderes, das Leben ist selten etwas Besonderes. Aber ich glaube, wir waren ziemlich, nun ja, glücklich, obwohl ich nicht gern so vage und schwer definierbare Ausdrücke verwende.

Was im Lauf unseres letzten gemeinsamen Jahres passiert ist, weiß ich immer noch nicht. Ich erinnere mich allerdings an eine Sache von unserem letzten Segeltörn im Sommer. Auf Barskär südlich von Korpo hatten wir einen natürlichen Hafen gefunden, eine tiefe und geschützte Bucht; ein Gänsesägerweibchen mit sieben Flaumbällchen im Schlepptau, von der Eiszeit behobelte Klippen, ein hoher Felsen mit Panoramablick über die Inselgruppe. Wir verputzten eine einfache Mahlzeit: *Naudán*, was in unserer Privatsprache Rind- und Schweinefleisch aus Konservendosen bedeutete. Dann saßen wir für eine Weile mit einem Gläschen Wein im Cockpit, schweigend. Es war der Sommer, in dem sie die meiste Zeit über schwieg. Ein Graureiher stellte sich am Ende der Bucht auf einen Stein und betrachtete uns. Im Fahrwasser fuhr ein alter Segler nach Süden. Elin ging an Land. Der Reiher und ich sahen uns eine Zeit lang an. »Ich weiß«, sagte ich zu dem Vogel, »das hier ist deine Bucht.« Dann bin ich eingedöst. Als ich aufwachte, dämmerte es schon, der Abendstern strahlte am Südhimmel, Sirius leuchtete durch eine dünne Flaumschicht von Wolken. Der Reiher bewachte seine Bucht nicht mehr und war davongeflogen. Elin war noch nicht wiedergekommen. Es machte mich nicht unruhig, aber ich wunderte mich doch ein wenig. Ich sprang an Land und machte mich auf eine Runde um die Insel. In einer kleinen Bucht auf der Nordseite fand ich das Skelett eines Schwans, Kopf und Hals. Dann sah ich sie plötzlich. In einem kleinen Espenhain lag sie auf den Knien. Vollkommen reglos, mit geradem Rücken und gesenktem Kopf, auf den Knien.

Erst glaubte ich, sie würde Beeren pflücken. Dann verstand ich.

Ich nahm mein Schwanenskelett und ging leise weg.

Verzeihung, Herr Kommissar, das ist für Sie vielleicht nicht mehr von Interesse. Aber dieses Bild hat sich mir eingeprägt, das Bild der knienden Elin in einem Espenhain auf einer kleinen Insel im äußeren Schärengürtel von Korpo.

Wenige Monate später stand ich auf dem Friedhof. Ein diskreter Herr in dunklem Anzug hatte soeben ihre Urne in eine kleine runde Grube gesenkt, sich verbeugt und dann entfernt. Ich blieb noch etwas. Leise brauste der Verkehr, das Geräusch geschäftiger Menschen in ihren Autos. Neben der Statue einer halb nackten Frau mit Flügeln stand ein gebeugter kahlköpfiger Mann mit einer Gießkanne in der Hand. Ich weiß bis heute nicht, was passiert ist, was sie auf dem Råtorpsväg zu suchen hatte, was der Grund dafür war, dass sie auf einmal von der Straße abkam. Aber als ich dastand, mit den Augen blinkte und in das kleine runde Loch starrte, da sah ich auf einmal wieder dieses Bild vor mir, das Bild von Elin mit ihrem hellen, im Dunkel des kleinen Hains gleichsam leuchtenden Haar: Elin, die zu ihrem Gott betete.

Hatte sie es selbst herbeigeführt, hatte sie in voller Absicht das Lenkrad herumgerissen?

Ein Eichhörnchen ließ sich mit einem Zapfen in den Vorderpfoten auf einem Grabstein nieder und keckerte.

Oh, Sie möchten, dass ich Sie aufs Revier begleite? Ich nehme an, Sie wollen meine Fingerabdrücke nehmen. Ich soll auch die Sachen mitnehmen, die ich auf der Insel anhatte? Na schön. Auch wenn ich nicht begreife, wozu das gut sein soll. Aber lassen Sie mich in Gottes Namen den Brief lesen, bevor wir fahren. Das ist doch wohl nicht zu viel verlangt.

ch sitze auf der Veranda des kleinen Seglerpavillons und schreibe diese Zeilen. Der Wind schläft ein, die Wellen legen sich, bald wird die Bucht im Süden still daliegen. Die Sonne steht tief im Westen, schimmert zwischen den Kiefern und wirft ein paar vereinzelte Strahlen auf die Fensterscheiben, an denen ein altes Spinnennetz hängt. Eine Seeschwalbe sitzt in einer Felsspalte und blickt philosophisch zum Horizont. An der Hausecke steht eine kleine Birke, deren Blätter schon gelb werden. Ein Fehler im Stoffwechsel, das Wasser zirkuliert nicht frei in ihren Adern. Eine welke kleine Birke. Vielleicht hat sie Krebs.

Harald ist an Land gegangen. Unternimmt einen »Holmgang«, wie Elin und ich es zu nennen pflegten, als wir noch zusammen segelten. Ging man an Land, um sich in ein Gebüsch zu hocken, hieß das eine »Persönlichkeitspromenade«. Leute, die in einen Naturhafen einliefen, in dem wir eben erst Anker geworfen hatten, nannten wir »Widrigkeitspersonen«. Auf dem Meeresgrund hockte der Klabautermann und nahm alles in Empfang, was einem ins Wasser fiel.

Das ist lange her, aber mir kommt es vor, als sei es gestern gewesen. Komisch. Manchmal habe ich den Eindruck, alles kommt näher, als ob das Leben wie der Balg einer Ziehharmonika ist, der sich zusammenzieht und schrumpft.

Elin hat das Segeln geliebt. Wir hatten eine Sirena 38, ein größeres, moderneres und schnelleres Schiff als Olofs H-35, die ja auf ihre Art sympathisch, aber untertakelt ist, und unter Deck fühlt man sich wie in einem Eisenbahnabteil. Sie hieß *Berenike*, Elin war auf den Namen gekommen, sie hatte etwas über eine ägyptische Königin mit dem schönsten Haar der ganzen Antike gelesen. Sie schnitt es ab und opferte es im Tempel der Diana, um die glückliche Heimkehr ihres Mannes von einer abenteuerlichen Fahrt zu erbitten. Einmal, an einem späten Herbstabend, stiegen wir auf den Hügel im Observatoriumspark. Es war dunkel und kalt. Die Schiffbrüchigen sahen sehr schiffbrüchig aus.

»Da«, sagte sie und zeigte auf den Horizont im Süden. »Da ist das Haar der Berenike.«

Es war eine Ansammlung kleiner Sterne, die man mit bloßem Auge kaum ausmachen konnte.

Elin hatte wirklich das schönste Haar, das ich je gesehen habe.

Unser gemeinsames Segeln war nie ganz ohne Probleme. Wir hatten so unterschiedliche Vorstellungen davon, was es uns geben sollte. Ich hatte es selten eilig, ich fand, es gehöre zum Segeln, die Dinge in Ruhe anzugehen. Ich hatte die Sirena nicht gekauft, weil sie schnell war, sondern weil sie schön war und eine gemütliche Kajüte hatte. Ich mochte es, langsam unterwegs zu sein, die Klippen zu betrachten und darüber nachzusinnen, wie lange sie schon so aus dem Wasser aufgetaucht waren, und ähnlichen zerstreuten Gedanken nachzuhängen. Es blieb aber nur selten Zeit für derart müßiges Philosophieren. Ständig musste gefiert oder dichtgeholt und getrimmt werden, das Unterliek war zu lose oder zu stramm, der Großschotwagen sollte mal weiter nach Luv, dann wieder nach Lee gefahren werden, der Cunninghamstrecker musste dichtgeholt oder gefiert werden, und gerefft werden durfte frühestens dann, wenn das Wasser bereits in die Plicht schwappte.

»Segelboote sind wie Vollblutpferde«, meinte Elin. »Sie nur im Schritt gehen zu lassen, ist eine Schande für sie.«

Selbstverständlich musste um die Wette gesegelt werden.

Sobald sie voraus ein Segel erspähte, leuchtete sie auf.

»Den schnappen wir uns«, hieß es, und dann ging der Tanz los.

Und wir schnappten sie uns, meistens.

Einmal hatten wir uns stundenlang ein Rennen mit einer Linjett geliefert, die sich stur in unser Kielwasser hängte. Wir fuhren durch das innere Fahrwasser bei Hangö Richtung Osten und näherten uns der Alglo-Inselgruppe. Ohne dass ich es mitbekam, entschloss sich Elin, die am Ruder stand, südlich um Furuholm herum abzukürzen und so ein paar Kabellängen herauszuholen.

Auf der Karte hatte es nach genügend Wassertiefe ausgesehen, behauptete sie hinterher.

Es gibt ein Spektakel sondergleichen, wenn der Kiel eines Segelboots mit einer Fahrt von sechs Knoten auf Grund läuft. Die ganze Kajüte ist ein einziger riesiger Resonanzraum, es gibt einen ohrenbetäubenden Knall.

Abends am Anleger von Högholm krochen wir in jeden Winkel, den wir erreichen konnten, und leuchteten mit Taschenlampen unter die Bodenbretter, um zu sehen, ob in der Bilge Wasser stand. Anschließend setzten wir uns mit einem Grog in die Plicht. Eine hungrige und erwartungsvolle Entenfamilie schwamm ums Boot und warf uns auffordernde Blicke zu. Ein Seeadler schwebte auf leisen, gespreizten Schwingen nach Süden.

»Ich schäme mich«, sagte Elin.

»So schlimm ist es nun auch wieder nicht. Kann ja passieren, so was.«

»Mit dir rede ich gar nicht, sondern mit *Berenike*.«

Manchmal habe ich mich gefragt, ob mich Elin verlassen hat, weil ich das Boot verkaufen musste. Ich weiß noch, wie wir beide im Cockpit saßen, als die ersten Kaufinteressenten im Anmarsch waren. Wir hatten klar Schiff gemacht, staubgesaugt, unter den Bodenbrettern geputzt, und sie hatte nicht ein Wort gesagt. Dann saß sie auf dem Kajütdach und strich mit einer Hand sanft darüber, als ob sie den Kopf eines Kindes streichelte.

»Verkauf sie nicht«, sagte sie.

Aber ich hatte keine andere Wahl, nicht zu dem Zeitpunkt. Meine Auftragslage war katastrophal, der Umsatz eingebrochen. Ich konnte meinen Leuten keinen Lohn mehr zahlen.

Dann trafen die Käufer ein, ein junges Paar mit einem Foxterrier. Sie schüttelte ihnen flüchtig die Hand und setzte ihre Sonnenbrille auf; ich glaube nicht, dass es wegen der Sonne war. Dann ging sie davon.

Es war ziemlich stürmisch an dem Tag. Ihre weite Hose flatterte im Wind.

ch frage mich, wie es Rufus gehen mag. Das frage ich mich oft. Bosse meint, er sei noch immer so vorsichtig wie früher. Er schlafe viel, außer wenn die Enkelkinder zu Besuch kämen. Nachts sei er zwischen drei und fünf wach, dann wandere er still und leise zwischen Küche und Wohnzimmer hin und her.

Bosse sagt, seine Decke interessiere Rufus nicht mehr.

In seinem neuen Heim hat er einen Lieblingsplatz gefunden: Er sitzt auf einem kleinen Podest und guckt aus dem Fenster.

ch schreibe das hier, weil ich mich ein wenig wundere und es ein kleines bisschen mit der Angst zu tun bekomme. Irgendetwas stimmt nicht mit diesem Segeltörn. Natürlich war ich überrascht, dass er mich angerufen hat. Das letzte Mal haben wir vor zwanzig Jahren miteinander geredet. Geschäftlich, ich war damals sein Kunde bei der Bank. Es war ein unerfreuliches Gespräch, das dazu führte, dass ich so schnell wie möglich die Bank gewechselt habe. Seitdem habe ich ihn lediglich einige wenige Male gesehen und ihm dann zugenickt, wie man jemandem zunickt, den man wiedererkennt, mit dem man sich aber nicht unterhalten möchte. Warum also hat er ausgerechnet mich angerufen? Ich verstehe, dass man gern auf einen letzten, kurzen Herbsttörn gehen will, bevor das Schiff ausgeräumt und winterfest gemacht werden muss; das hätte ich seinerzeit selbst gern gemacht, wenn ich die Zeit dazu gehabt hätte. Aber warum wollte er ausgerechnet mich mit an Bord nehmen?

Gestern Morgen hat er angerufen. Da war ich noch etwas benommen von einer höheren Dosis Schmerztabletten. Offenbar war es mir gelungen, ihn so weit aus meinem Gedächtnis zu verdrängen, dass ich zunächst gar nicht begriff, wer er war. Erst als er anfing, von seinem Segelboot zu reden, erkannte ich plötzlich seine Stimme wieder.

»Wie geht's?«, fragte er.

»Wieso?«

»Ich habe gehört, es soll dir nicht so gut gehen.«

Unser Gespräch vor zwanzig Jahren drehte sich um die Firma. Damals ging es mir finanziell nicht gut, ich stand praktisch am Rand des Abgrunds, um einen abgenutzten Ausdruck zu verwenden, der damals allerdings den Nagel auf den Kopf traf. Und da stand ich nicht allein. Es war zu der Zeit, als die Welt aus den Fugen ging, als Mauern fielen und Staaten auseinanderbrachen. Auch wir brachen ein, Unternehmen, Banken, das ganze Land. In der Werkstatt hatten wir eine Mitarbeiterversammlung. Bosse hatte sie überredet, auf das Urlaubsgeld zu verzichten, aber das reichte nicht. Ich hatte alle Karten auf den Tisch gelegt: Wenn die Bank den Daumen senkte, bedeutete das Konkurs. Es war eigenartig still geworden. Alles war still, die Maschinen hatten gestanden und die Leute geschwiegen. Bosse hatte dagesessen und seine roten, schwieligen Werklehrerfäuste betrachtet.

»Dann musst du dich auf der Bank gescheit anstellen«, hatte er gesagt.

»Was hast du auf dem Herzen, Olof?«

Er schwieg einen Moment und räusperte sich.

»Es soll heute schön werden, und ich möchte gern nach Kajholm segeln, habe aber keinen Vorschotmann.«

Es wäre vielleicht leichter gewesen, wenn sie ausgerastet wären, wenn sie sich aufgeregt hätten, über mich hergefallen wären und mich beschuldigt hätten, mir zu viel in die eigene Tasche zu stecken oder die Auftragsakquisition und meine Verantwortung als Arbeitgeber vernachlässigt zu haben. Aber sie saßen nur absolut still und mit leeren Gesichtern da. Ich musste plötzlich an meinen Vater denken. Als er starb, gingen Elin und ich zur Leichenhalle, um Abschied von ihm zu nehmen. Wir stellten uns seitlich von ihm einander gegenüber. Elin hielt den Kopf gesenkt und die Augen geschlossen. Ich glaube, sie wollte ihn nicht ansehen. Er lag mit auf dem Bauch verschränkten Händen zwischen uns, und sein Gesicht war leer, vollkommen leer geworden. Er hatte die Firma gegründet, im Keller auf der Maringata. Ich half ihm. Abends stiegen wir die Treppe hinab in einen kleinen Kellerraum mit Zementwänden und einer starken, nackten Glühbirne an der Decke. Papa machte sich an einer Maschine zu schaffen, bog, lötete, entwarf oder zeichnete unbegreifliche Figuren auf kariertes Papier. Ich friemelte keramische Isolierperlen auf Widerstandsspiralen oder las Donald Duck. Papa rauchte und summte vor sich hin, manchmal sang er, meistens »Vila vid denna källa« oder etwas anderes von Bellman. Er war ein gut gelaunter, fröhlicher Mensch mit einem lebendigen Gesicht, auf dem ständig die Mienen wechselten. Der Tod aber hatte ihm alles geraubt, was ein Gesicht ausmacht: gerunzelte Augenbrauen, das Lächeln, die Blicke, die Stirn in Falten.

»Er schläft«, flüsterte Elin.

Das klang albern, fand ich. Außerdem sah er nicht aus, als ob er schliefe. Er sah tot aus. Er hatte ein völlig leeres Gesicht.

»Wie bist du auf mich gekommen?«

»Wieso nicht? Ich würde dich gern wiedersehen.«

»Bevor es zu spät ist?«

Das Gespräch in der Bank erleichterte mich, machte mich aber auch beklommen. Glücklicherweise verfügte ich noch über einen geringen Kreditrahmen, gerade ausreichend, um uns vor dem Schlimmsten zu bewahren. Ich weiß nicht, ob Olof oder die auf dem Mannerheimväg die Entscheidung trafen. Er aber inszenierte ein Spielchen, bei dem ich erst nach einer Weile kapierte, worauf es hinauslief. Es ging um Elin. Er wollte sie heiraten. Unter der Hand gab er mir zu verstehen, dass es eine Bedingung für meinen Kredit gebe: Ich sollte mich mit ihrer Heirat einverstanden erklären. Es war eine völlig absurde Koppelung, ein Telefonanruf hätte dafür genügt. Ich hatte schon vor längerer Zeit von den rigorosesten Prinzipien meiner Kirche Abstand genommen. Außerdem war ich sicher, dass Elin sich niemals darauf einlassen würde. Aber ich machte gute Miene zum bösen Spiel, gab ihnen meinen Segen und bekam den Kredit.

Später, als ich wieder Boden unter den Füßen hatte, wechselte ich die Bank, aus Prinzip. Banken sollen sich um Bankangelegenheiten kümmern, nicht um private Dinge.

»Bevor es zu spät ist«, sagte er. »Ja, vielleicht.«

Ich schwieg.

»Ich dachte, wir könnten uns mal unterhalten. Es redet sich so gut in der Plicht.«

Überraschenderweise erklärte sich Elin einverstanden, ihn zu heiraten. Das sah ihr nicht ähnlich, und später bereute sie es.

Das ist einer der Gründe, weshalb ich diesen Brief schreibe.

Schon draußen auf der Bucht vor Helsingfors ist mir klar geworden, dass er nicht auf ein Gespräch aus war. Das Wetter war schön und richtig warm – zum Glück, ich friere neuerdings so schnell. Wir segelten gemütlich vor achterlichem Wind auf Ostkurs, Stille umgab uns, nur das Wasser plätscherte, und es hätte reichlich Gelegenheit für ein ruhiges Gespräch gegeben. Er aber saß da, sagte kein Wort und starrte nur geradeaus. Ich versuchte, die Sprache auf Elin zu bringen, doch er zuckte nur die Schultern.

Zu dem Zeitpunkt habe ich angefangen, mich zu fragen, was für eine Absicht er mit dem Ausflug eigentlich verband.

ufus ist ein zehnjähriger Airedaleterrier. Er kam vor drei Jahren in mein Haus, zusammen mit meinem Sohn Christian, der schon immer in Hunde vernarrt war. Eines Abends trampelte er herein, es schneite, und Rufus hatte eine Decke aus weißem Schnee auf Kopf und Rücken. Wir setzten uns an den Esstisch. Ich schenkte Tee ein. Rufus schüttelte sich mitten im Raum die Schneedecke ab und legte sich zu meinen Füßen.

Christian hatte eine Versetzung nach Singapur erhalten, den Hund konnte er nicht mitnehmen.

»Du darfst dich um ihn kümmern.«

Christian ist sehr geradeheraus. Außerdem mag er es, zu bestimmen. Ich bin nicht sicher, ob ich ihn gern zum Chef hätte.

»Da bist du nicht mehr allein und lässt dir abends vor Langeweile die Decke auf den Kopf fallen.«

Vor langer Zeit wollten wir an einem Sonntag wie gewöhnlich zur Kirche gehen. Christian war zwölf. Kurz zuvor war er auf eigene Faust zum Friseur gegangen und hatte sich fast eine Glatze schneiden lassen. Im Radio krächzte ein schriller Sopran »Den första kyssen« von Sibelius. Ich weiß nicht, warum ich mich gerade daran erinnere, das Gedächtnis ist ein seltsam Ding. Christian setzte sich mit einem Phantom-Comic auf dem Schoß auf den blauen Sessel.

»Ich gehe nicht mit«, sagte er leichthin, wie nebensächlich. Er war damals schon sehr direkt. Elin war schrecklich unglücklich und empört, aber er ließ sich nicht umstimmen.

»Das sind genau solche Märchen wie in dem Heft hier«, meinte er.

»Wieso glaubst du, dass mir abends die Decke auf den Kopf fällt?«

Er lachte.

»Einsame Männer langweilen sich. Das eine gehört doch zum anderen.«

Der Hund hob den Kopf und sah mich mit seinen braunen Augen an.

Wir hatten eine angenehme und ruhige Tour bis Kajholm. Allerdings lag ich die meiste Zeit in der Kajüte. Es kommt in Wellen und tut so weh, dass man sich hinlegen und nach Luft japsen muss. Aber ich hörte doch das glucksende Geräusch, mit dem der Steven durchs Wasser schnitt, ich hörte das Knarren von Pinne und Großschotblock, wenn die Schot bedient wurde. Es war so lange her. Alles rückt irgendwie näher und ist zugleich lange her. Hätte ich das Segeln vielleicht doch nicht aufgeben sollen? Möglich, dass es eine Menge Dinge gab, die ich hätte tun sollen, statt mich Tag und Nacht um die Firma zu kümmern, die Maschinen zu kontrollieren, neue Modelle und Anwendungen zu entwickeln, auf die Zahlen der Buchhaltung zu starren, Angebote zu verschicken, Expansionspläne zu schmieden, mit Kosten, Löhnen und Geschäftsresultaten zu jonglieren. Die Firma, mein Leben, die Firma, meine Geliebte. Ich lag in der Koje, starrte ans Kajütdach, hörte, wie sich ein Schiffsrumpf durchs Wasser schob, und summte eine Liedzeile. Komisch, aber manchmal hilft es: ein Liedchen summen.

Wir liefen um die Nordostspitze in die Hafenbucht ein, um Höhe zu gewinnen. Ich holte erst das Vorsegel ein, dann, vierzig Meter vor dem Steg, das Großsegel. Wir trieben über das glatte Wasser der Bucht zunehmend langsamer auf den Steg zu. Olof klinkte den Karabiner in das Auge der achterlichen Boje. Ich sprang an Land und vertäute das Schiff vorn. Er ist geschickt. Er weiß, wie man an einem Steg anlegt.

Es ist mindestens ein Vierteljahrhundert her, seit ich diese von niedrigem Wald eingerahmte, wunderschöne Ankerbucht zuletzt besucht habe. Klares, dunkles, tiefes Wasser, ein natürliches Bassin, das vor allen Winden von Nordost bis Südost Schutz bietet. Elin und ich sind meist nach Westen gesegelt. Die Veranda des kleinen Seglerpavillons weist auf der Südseite eine Fensterreihe auf: ununterbrochener Horizont hinter ein paar niedrigen Kiefern. Hier ist viel renoviert und erneuert worden. Auf der Anhöhe wurde ein Gasgrill installiert, in der Küche des Pavillons gibt es einen riesigen Gasherd. In einer Ecke stehen noch ein paar alte Sturmlaternen und blicken traurig auf die neu montierten elektrischen Lampen.

Der große Anker auf dem Felsen im Südosten ist schwarz gestrichen worden. Elin und ich haben ihn einmal lange betrachtet. Da saß ich mit einem schweren und klobigen NMT-Telefon auf dem Felsen, weil wir auf einen schönen Auftrag von Electrolux warteten und ich erreichbar sein musste.

»Hast du einmal überlegt, wo wir ohne einen Anker im Leben wären?«, hat Elin gefragt, aber ich war, wie üblich, nicht zu ihren religiösen Gesprächen aufgelegt, und außerdem klingelte das Telefon.

Die Fock durfte an Deck liegen bleiben, mit ein paar Gummistropps an der Reling angelascht. Olof tischte Whisky und Soda auf. Ich nahm das Sodawasser. Möwen kreisten über der Bucht und veranstalteten ein Konzert. Ein Fall schlug leise, wir beobachteten es eine Weile, hatten aber nicht den Eindruck, sofort etwas dagegen unternehmen zu müssen. Hoch über dem Mast zog ein Flugzeug nach Osten und hinterließ einen Streifen Baumwolle, der sich nur langsam auflöste.

Er erkundigte sich, wie es mir ginge. Ich gab einige ausgewählte Kapitel aus meiner Entlassungsuntersuchung zum

Besten, da er nicht wirklich interessiert zu sein schien. Er guckte in sein Glas und dachte offenbar an etwas ganz anderes. Dann saßen wir eine Zeit lang schweigend da. Irgendwo in weiter Ferne war das dumpfe Dröhnen eines Schiffsdiesels zu hören.

»Sie hat sich mit dir getroffen, stimmt's?«, fragte er.

Sieh mal an, ich war davon ausgegangen, dass er davon wusste.

»Du wolltest sie zurückhaben, oder nicht?«

Ah, das glaubte er? Wirkte er deswegen so seltsam feindselig?

»War das ihretwegen, oder ging es um euren verdammten Gott?«

Glaubte er das wirklich? Hatten sie denn überhaupt nicht miteinander geredet?

Dann geschah Folgendes: Ich musste ganz schnell ein paar Tabletten nehmen, der Schmerz schlug so schnell und heftig zu, dass ich mich kaum rühren konnte. Ich bat ihn, die Pillendose aus meinem Rucksack zu holen. Einen Moment später kletterte er in die Plicht zurück, in der Linken hielt er die Dose, in der Rechten die Pistole meines Vaters.

»Was zum Teufel soll das hier? Willst du mich etwa umbringen?«

Es tat so furchtbar weh.

s war ein schöner Vormittag Ende Mai.

Tags zuvor hatte mir mein fröhlicher Arzt verkündet, dass nichts mehr zu machen sei. Ich war geradewegs nach Hause gegangen. Ich hatte das Telefon abgestellt. Im Hesperiapark vor meinem Fenster hatten die Linden viele kleine, hilflose Blätter bekommen. Ich schloss eine Schreibtischschublade auf und holte die alte Pistole meines Vaters heraus, seine Offizierspistole aus dem Krieg. Ich hatte es nach seinem Tod nicht über mich gebracht, sie abzugeben. Ich meine mich zu erinnern, dass ich die schwache und vage Ahnung hatte, es könne im Leben einmal der Moment kommen, in dem es gut wäre, eine Pistole zur Hand zu haben. Laut Papa war es eine schlechte Waffe, die er sich obendrein selbst hatte anschaffen müssen, weil seine Mutter, eine Pazifistin, seine Dienstwaffe nach dem Winterkrieg ins Meer geworfen hatte.

»Damit triffst du auf fünfzig Meter kein Pferd«, hatte er gesagt.

Es war ein schöner Vormittag Ende Mai.

Ich setzte mich ans Fenster und blickte hinaus. Ein Auto nach dem anderen fuhr vorüber. Eine Horde kleiner Kinder turnte an den Klettergerüsten herum und bewarf sich im Sandkasten mit Sand. Einsame Männer und Frauen spazierten mit Hunden diverser Rassen an der Leine umher. Ich hatte ein paar Röhrchen mit starken Schmerztabletten bekommen.

»Könnte sein, dass Sie sie brauchen«, hatte mein Arzt mit einem schiefen Lächeln gesagt. Ich nahm ein paar ein, vielleicht vier. Ich hatte auch eine Flasche Whisky. Die Autos draußen fuhren und fuhren.

Rufus sah mir eine Weile zu, dann trottete er ins Schlafzimmer und legte sich dort hin.

Es war ein schöner Vormittag Ende Mai.

Am nächsten Morgen tat mir nicht nur der Magen weh. In meinem Kopf rauschte es wie die Lüftung im Wartezimmer des Doktors. Ich kramte einen alten Rucksack heraus und steckte die Pistole hinein. Ich setzte mich ins Auto und fuhr aus der Stadt, aufs Geratewohl, nur raus aus der Stadt! Ich weiß nicht, wo ich gelandet bin, es war in einer Art Urwald, hohe, alte Baumstämme und steile Felsen. Auch einen See gab es da. Es herrschte völlige Windstille, der kleine See lag da wie ein großer Spiegel. Es nieselte leicht. Ich holte die Pistole heraus. Mitten auf dem See schwamm unbewegt ein Vogel, als hielte er Wache. Ich kenne mich mit Vögeln nicht aus, aber der war recht groß und gräulich, mit ein paar Streifen auf den Handschwingen.

Dann habe ich nur noch gebrüllt. Wie lange wohl? Die Trauer, die Wut, der Schmerz, die Ungerechtigkeit, die Angst, all das.

Der Vogel zeigte überhaupt keine Angst, im Gegenteil, er kam näher auf den Felsen zu, auf dem ich saß.

Ich schrie noch eine ganze Weile. Als ich aufblickte, war der Vogel ganz nah. Er betrachtete mich. Er hielt den Kopf eigenartig aufgerichtet, den Schnabel in die Luft gereckt, als wollte er mir sagen: Kopf hoch!

Das war ein komischer Vogel.

Ich vergaß mich selbst irgendwie, und plötzlich fiel mir ein, dass ich am Morgen nicht mit Rufus rausgegangen war.

Er hatte sich unters Bett verzogen. Mitten im Flur hatte er eine große Pfütze gemacht.

lof erzählte ich, ich hätte die Pistole im Rucksack vergessen, und versuchte, das Ganze beiseitezuwischen. Er guckte misstrauisch. Er zog das Magazin heraus und zählte die Patronen.

»Zwei«, sagte er. »Eine für mich und eine für dich?«

Ich begriff gar nichts. Glaubte er etwa, ich wollte ihn umbringen? Warum denn?

Er entfernte die Patronen aus dem Magazin.

»Die nehme ich an mich.«

Ein unbewaffneter Kapitän mit bewaffneter Besatzung an Bord komme überhaupt nicht infrage, meinte er.

»Es ist deine Schuld, dass sie von der Straße gerast ist.«

Dann ging er an Land.

Ich muss zugeben, dass ich erschrocken war. Ich weiß, dass mir nicht mehr viel Zeit bleibt. Eine Kugel durch den Kopf wäre vielleicht die schmerzloseste Art abzutreten. Aber wenn ich mich dazu entschließe, will ich, dass jemand Bescheid weiß, was passiert ist. Darum sitze ich hier auf dieser alten Veranda und schreibe diese Zeilen nieder.

Rufus war ein komischer Hund. Er hatte so eine vornehme Art zu fressen. Alle Hunde, die ich kenne, schlingen das Futter in sich hinein, als würden sie damit rechnen, dass jeden Augenblick jemand kommen könnte, um ihnen den Fressnapf wegzunehmen. Rufus aber fraß langsam und mit Bedacht; er legte kleine Pausen ein, wählte einen passenden Bissen aus, packte ihn mit den Vorderzähnen und kaute ihn sorgfältig. Ich pflegte ihm beim Fressen zuzusehen. Manchmal warf er mir einen nachdenklichen Blick zu. Wenn er fertig war, schüttelte er mehrmals den Kopf. Ich fand, das sah komisch aus.

Manchmal fragte ich mich, ob er es nur tat, um mich aufzuheitern.

Und dann war er so ein Angsthase!

War? Ist, natürlich.

Ich war der Meinung, ein Airedaleterrier sei per definitionem stur, neugierig und lebhaft bis hart an die Grenze zum Aggressiven. Otterjäger, Polizeihund, ein aufdringlicher Rowdy aus Yorkshire. Rufus aber ist leise, zurückhaltend und ängstlich. Wenn Silvester die Raketen losgehen, springt er mir auf den Schoß. Auch im Hundeauslauf im Park möchte er am liebsten an der Leine dicht neben mir bleiben, während die anderen Hunde spielen und kläffen und herumfegen wie aufgescheuchte Hühner. Es gibt einen Schnauzer namens Mario, der das spitzgekriegt hat. Er macht sich einen Spaß daraus, auf Rufus loszugehen, der dann verschreckt zwischen meinen Beinen Schutz sucht. Es sieht fast so aus, als würde sich der Schnauzer über diesen Spaß kaputtlachen. Einmal machten wir einen Spaziergang durch die Wälder rund um Luuk. Ich ließ Rufus frei laufen, weil er gut erzogen ist und immer kommt, wenn man ihn ruft, anscheinend erleichtert, wieder in die Sicherheit der Leine zurückzudürfen. Plötzlich kamen ein paar Kampfjets im Tiefflug über die Baumwipfel gedonnert. Ich hörte den Hund noch bellen, dann war er verschwunden. Nachdem ich ihn eine geschlagene Stunde lang gesucht hatte, fand ich ihn in einer Scheune, wo er sich hinter einen Leiterwagen verdrückt hatte.

Wenn es an der Tür klingelt, verzieht er sich am liebsten in die Küche und legt sich unter den Tisch. Ein Einbrecher würde vermutlich nicht einmal merken, dass es einen Hund im Haus gibt, weil der sich höchstwahrscheinlich im nächstbesten Garderobenschrank verstecken würde.

Er ist ein schrecklich lieber Hund.

Christian brachte ihn mir an einem Sonntagmorgen. Im Radio übertrugen sie einen Gottesdienst aus der Kirche von Jakobstad. Es schneite wieder einmal, Rufus war nass und schüttelte sich im Flur. Dann tapste er vorsichtig ins Wohnzimmer. Er blieb vor dem Radio stehen, eine ganze Zeit lang, und guckte, als ob er dem Kirchenlied zuhörte, das die Gemeinde gerade sang.

Christian gab mir die Leine und einen schmutzigen grauen Lappen.

»Nicht nur Kinder haben Schmusedecken.«

Er gab dem Hund einen Klaps auf den Kopf.

»Rufus, benimm dich!«

Dann ging er schnell.

Rufus tapste zum Fenster, stellte sich auf die Hinterbeine und legte die Vorderpfoten auf die Fensterbank. Ich setzte mich in den Lehnstuhl und wartete. Der Hund blieb am Fenster stehen; vielleicht sah er Christian in dem Schnee, der über dem Hesperiapark fiel, zu seinem Auto gehen und davonfahren.

Anschließend kam Rufus zu mir, setzte sich zu meinen Füßen und guckte mich an. Ich gab ihm seine Decke, aber die nahm er nicht an.

»Jetzt ist Herrchen nach Singapur gefahren«, sagte ich.

Er sagte nichts, guckte nur.

D ass ich irgendwie schuld daran sein könnte, dass Elin verunglückte, ist absurd. Olof muss noch immer so außer sich sein darüber, dass er versucht, einen Sündenbock zu finden, um über seine Trauer und seine Wut hinwegzukommen. Bald ist es anderthalb Jahre her. Eigentlich tut er mir leid.

Wie es passiert ist, weiß ich nicht, abgesehen von dem, was man sich in der Stadt erzählte: Landstraße, von der Straße abgekommen. Dass ich zur Beerdigung gegangen wäre, kam nicht infrage, Olof arrangierte sie in aller Stille, auf Elins Wunsch, hieß es in der Anzeige, und ich wäre sowieso nicht hingegangen.

Aber es stimmt, dass sie wieder Kontakt zu mir aufgenommen hatte.

Als sie anrief, saß ich in einer Besprechung mit zwei schwedischen Ingenieuren, zwei schicken jungen Typen in ausgesucht lässiger Kleidung, aufstrebende Nachwuchskräfte, die nie anderes Werkzeug in den Händen gehalten haben als Messer und Gabel. Zwei Wochen vorher hatte ich in der obersten Etage des Hauptsitzes in Stockholm einen Termin mit ihrem Chef gehabt – Eichenholztäfelung, Teppichboden, Panoramafenster, weiße Hemden, Krawatte und Einstecktuch – und dort meine Unterschrift unter ein Dokument gesetzt; ich hatte meine Firma verkauft, meinen Lebensinhalt, er steigerte ihr Jahresergebnis um zwei Prozent. Es war gar nicht so schwer, wie ich es mir vorgestellt hatte. Ich hatte mich müde gefühlt und keinen Appetit. Ich wusste noch nicht, woran das lag. Selbstverständlich hatte ich vorher Christian angerufen, zu der Zeit in Peking, und ihn gefragt. Er verzichtete und klang zuvorkommend, aber ich glaube, in Wahrheit fiel es ihm schwer, sich ein Lachen zu verkneifen. Eine Zukunft als Chef eines Kleinunternehmens für Wärmetechnik mit einer Werkstatt in Vanda, das musste sich in seinen Ohren anhören wie eine Verbannung nach Sibirien.

»Aber ich bin dir gern behilflich, den Erlös anzulegen«, hatte er gesagt.

Anschließend hatte es ein Essen gegeben, Teller mit Goldrand, fünf Gänge, feierliche Ansprachen über das kleine Familienunternehmen als Ausgangs- und Kernpunkt für die Idee und den Geist der freien Marktwirtschaft. Ich hielt eine Dankesrede, in der ich der Hoffnung Ausdruck verlieh, dass sie oben in ihrem Flugleitturm genauso viel Befriedigung aus ihrer Arbeit bezögen wie ich in meinem Büro nur eine Etage über der Werkstatt. Ich glaube, sie waren verschnupft, aber es war nicht wichtig. Sie hatten ja meine Unterschrift auf dem Kaufvertrag. Sie hatten mein Leben aufgekauft.

Und nun saß ich also mit diesen beiden gelackten schwedischen Ingenieuren zusammen, die staunten, dass meine Buchführung Jahresabschluss für Jahresabschluss schwarze Zahlen aufwies, und die aus all den karierten Zetteln, die gesammelt auf einem Haufen vor ihnen lagen, nicht schlau wurden. Sie waren daran gewöhnt, in einfachen Bahnen zu denken, Computersimulationen, standardisierte Lösungen, klare Lieferketten, große Volumina und große Aufträge. Auf den karierten Zetteln fand sich die Erklärung für meine positiven Bilanzen: Skizzen für Problemlösungen, Ideen, Geistesblitze. Kunden mit Problemen, Kunden, die es sich nicht leisten konnten, zu warten. Ich suchte Lösungen für ihre Probleme und zeichnete sie auf kariertes Papier. Bosse wusste, was ich meinte. Überstunden, Nachtarbeit, na und? Kunden in Schwierigkeiten vergessen so etwas nicht. Kunden mit Problemen kommen wieder. Kunden mit Problemen sprechen mit anderen Kunden, die Probleme haben.

Ich hatte es nicht für nötig befunden, mein Telefon abzustellen.

»Hier ist Elin«, sagte sie. »Können wir uns sehen?«

ch hatte ihre Stimme seit zwanzig Jahren nicht gehört. Besonders oft hatte ich nicht an sie gedacht. Die Hälfte aller Ehen endet mit einer Scheidung, unsere gehörte dazu. Dass es tatsächlich zur Scheidung gekommen war, erstaunte mich noch immer. Mir hat die Kirche nie so viel bedeutet. Im Lauf der Jahre betrachtete ich das päpstliche Stellvertretertum mit zunehmendem Misstrauen – sofern ich Zeit hatte, über solche Dinge nachzudenken. Immer häufiger hatte Elin ohne mich zur Messe gehen müssen. Ich überlegte, ob wir uns vielleicht deswegen auseinandergelebt hatten, wegen Gott und wegen der Firma.

Vielleicht hatte Gott bei mir auch zugunsten der Firma in den Hintergrund treten müssen. Beide sind zu große Dinge. Man schafft es nicht, sich mit beiden zu beschäftigen. Eins von ihnen musste ich fallen lassen.

Eines Sonntags kam ich erst mittags um eins nach Hause, nachdem Bosse und ich uns die ganze Nacht mit einem streikenden Ofen um die Ohren geschlagen hatten. Mir war nichts anderes übrig geblieben, das Ding musste bis Montagmorgen wieder funktionieren. Glücklicherweise hatten wir an jenem Vormittag Sturm, der Wagen schlingerte, und die Karosserie wackelte, sonst wäre ich bestimmt am Steuer eingeschlafen.

Ich wankte zum Badezimmer, als ich plötzlich ihre Stimme hörte: »Harald!«

Sie war nicht wie gewöhnlich in der Kirche. Sie saß im Wohnzimmer, im blauen Sessel, und trug noch ihren Morgenrock. Sie war nicht richtig aufgestanden, hatte sich nicht zurechtgemacht. Ihr Gesicht wirkte bleich und nackt.

»Harald«, sagte sie, »ich habe einen anderen Mann getroffen.«

Ich stand vor ihr mit verschmiertem Gesicht und Maschinenöl an den Fingern.

»Ich glaube, ich liebe ihn.«

Ich stand da und stank nach Schweiß, war todmüde.

»Elin, ich muss schlafen, sonst stehe ich morgen nicht durch.«

Ein eigentümliches Lächeln zog für einen Moment über ihr Gesicht.

Ich wankte in mein Schlafzimmer – wir hatten seit geraumer Zeit getrennte – und fiel, schmutzig und verschwitzt, wie ich war, der Länge nach ins Bett.

Vor dem segensreichen Dunkel des Schlafs schaffte ich es noch, zwei Gedanken zu fassen: Wie kann ein Lächeln zugleich Glück und Unglück ausdrücken? Und sofern es zwischen uns noch etwas gab, hätte ich dann nicht bemerken müssen, wie sie ihr Haar trug, aufgesteckt, Pferdeschwanz oder offen?

Für unser Treffen hatte ich ein kleines Café am Ostende der Museigata vorgeschlagen, von dem ich wusste, dass ich Rufus mit hineinnehmen durfte. Es fand an einem sonnigen Vormittag im September statt. Rufus ging gehorsam bei Fuß an seiner Leine. Wir drehten eine Runde durch den Park. Er hatte ausgeprägt feste Gewohnheiten. Er wartete, bis ich eine kleine Plastiktüte gezückt hatte. Dann warf er mir einen hastigen Blick zu, manchmal meinte ich sogar, er nickte mir kurz zu. Schließlich senkte er das Hinterteil auf den Rasen und machte einen krummen Rücken. Der Rest folgte immer schnell und reibungslos.

Es war einer jener schönen Tage, an denen das Laub von den Bäumen fällt und einen großen orangegelben Teppich bildet und die Stadtreinigung noch keine Gelegenheit hatte, ihn zu beseitigen. Wir wateten ein wenig durchs Laub. Ich schaufelte es mit den Füßen auf, es flog in hohem Bogen davon, und Rufus jagte ihm nach. Ich fühlte mich natürlich ein bisschen kindisch, aber Rufus liebte das Spiel.

Sie kam zehn Minuten zu spät. Das tat sie immer. Sie war leicht außer Atem.

»Hallo, Rufus«, sagte sie. »Ah, du hast es also übernommen, dich um ihn zu kümmern.«

Ich holte Kaffee und zwei Berliner an der Theke. Währenddessen setzte sie sich und streichelte Rufus den Kopf. Sie sah kaum älter aus, ein paar kleine Fältchen um die Augen, eine kurze, gerade Linie zwischen den Augenbrauen wie ein Ausrufezeichen. Ein paar hellgraue Strähnen im Haar. Es war noch immer genauso lang und genauso schön wie früher, das Haar der Berenike.

Damals liebte sie Berliner.

Sie lächelte, als sie sie sah.

»Wie geht es dir? Was macht die Firma?«, erkundigte sie sich.

»Ich bin im Ruhestand.«

»Du? In Pension?«

»Ich habe die Firma verkauft.«

»Ach, du liebes bisschen, du hast deine Geliebte verkauft?«

Dann saßen wir eine Weile wortlos da. Rufus legte sich zu ihren Füßen und den Kopf auf die Vorderläufe.

»Es fällt mir nicht leicht, das hier«, sagte sie.

Eine Gruppe Schulmädchen drängte sich mit übervollen Tabletts in den Händen zwischen den Tischen hindurch. Eins ließ eine Kaffeetasse fallen, es schepperte, die Scherben flogen über den Steinboden. Rufus schreckte hoch und guckte sich unruhig um.

Elin lächelte.

»Was bringen Scherben noch, Glück oder Unglück?«

Ich gab keine Antwort. Ich fragte mich, was sie wohl auf dem Herzen haben mochte.

Doch auf das, womit sie schließlich herausrückte, wäre ich in meinen wildesten Fantasien nicht gekommen.

»Ich wüsste gern, ob du dir vorstellen könntest, mich zu heiraten.«

s sei Folgendes passiert: Während ich damit beschäftigt war, die *Berenike* zu verkaufen, sei sie einem Mann begegnet, der allein an Deck seines Boots gesessen und gerade die Backbordwanten gespannt habe. Er hatte aufgeblickt, sie gesehen und im selben Augenblick seinen großen Schraubenzieher ins Wasser fallen lassen. Das habe sie mit einer ganz seltsamen Zärtlichkeit erfüllt, ihr sei innerlich ganz warm geworden. Sie hätten nur ein paar alltägliche Floskeln gewechselt, dann habe er sie plötzlich an Bord gebeten. Überraschend genug habe sie spontan Lust bekommen, der Einladung zu folgen, aber stattdessen sei sie so schnell wie möglich gegangen. Sie sei das Gefühl nicht losgeworden, seine Blicke im Rücken zu spüren. Als sie auf der Pier einen Blick über die Schulter warf, habe sie gesehen, dass er noch immer unbeweglich still an Deck saß und sie durch ein Fernglas beobachtete, und gemerkt, dass sie eigentlich nichts dagegen hatte. Hinter den roten Hafengebäuden außer Sichtweite habe sie sich auf die Stoßstange eines Lkws gesetzt und sich seltsam unruhig und erregt gefühlt. Zum Glück ist es vorbei, habe sie gedacht, sonst hätte man nicht wissen können, wie das noch geendet hätte.

Es war nicht vorbei gewesen. Es hatte nicht geendet.

Rufus erhob sich, warf einen beunruhigten Blick zu den Schulkindern hinüber und kroch unter den Tisch.

Ja, was ist das, was zwischen Menschen geschieht? Wie will man das erklären? Plötzlich habe es ihn einfach gegeben.

Es gab eine Leerstelle, die er ausgefüllt habe, voll und ganz. Sie seien füreinander bestimmt gewesen, ganz einfach. Sie sollten den Rest ihrer Zeit auf Erden miteinander verbringen.

Vielleicht war es nichts Komplizierteres als das.

Aber er habe sie unbedingt heiraten wollen. Dass das unmöglich gewesen sei, habe er natürlich nicht verstehen können.

Doch er sei ein entschlossener und sturer Mann. Es sei immer schwieriger geworden.

Elin lächelte verlegen.

»Ich habe es auf dich geschoben. Ich habe behauptet, du wärst mit einer Scheidung nicht einverstanden.«

Aber dann sei das ja auch nicht mehr gegangen. Wir hätten, so habe sie es mitbekommen, wohl eine Vereinbarung getroffen. Damit hätte einer Heirat nichts mehr im Weg gestanden.

Elin hatte nur die Hälfte ihres Berliners gegessen. Sie betrachtete die andere Hälfte lange und schwieg. Aus einem Lautsprecher irgendwo kam leise Musik, ein trauriges Saxofon spielte *Night and Day*.

»Glaubst du, Rufus mag das?«

Es klang so hilflos und verzagt.

Mit einem kleinen Grunzen legte Rufus sich unter dem Tisch zurecht.

Selbstverständlich hatte sie lange Gespräche mit Pater Henrik geführt. Ihr entschlossener Mann war immer entschlossener geworden. Es entwickelte sich zu einem Fegefeuer für sie. Sie stand schreckliche Angst aus.

An einem Mainachmittag fuhr sie noch einmal nach Björkholm hinaus und stellte sich neben den kleinen Leuchtturm am Ende der Mole. Die Sonne schien. Wolken, klein wie eine Sturmfock, segelten von Westen heran, verdeckten für einen kurzen Moment die Sonne und zogen weiter.

Sie liebte Leuchttürme.

Es war Hauptverkehrszeit, die Autos rauschten über Västerleden.

Eine kleine Flottille von Optimisten kreuzte auf dem Weg zu Regatten und Abenteuern vorbei. Ein junges Mädchen mit Pferdeschwanz saß an Deck einer Siesta und spannte die Wanten.

Das ist ein Zeichen, dachte Elin.

Sie sah zum Himmel auf, schaute auf die kleinen Wolken und auf ihre Armbanduhr. Schließlich wählte sie eine aus, eine kleine, unansehnliche mit fransigen Kanten.

Wenn sie die Sonne innerhalb einer Minute erreicht, dachte sie.

Die Wolke brauchte nur fünfzig Sekunden.

Mit dem Rücken an den Leuchtturm gelehnt, blieb sie lange dort stehen; die Autos donnerten über Västerleden.

Auf diese Weise fasste sie ihren Entschluss. Sie traf ihre Wahl.

Sie konnte ohne Olof nicht leben.

»Wir sind keine Heiligen, Harald. Wir sind lediglich gewöhnliche, arme Menschen.«

Es erschreckte sie, aber sie konnte nicht anders.

Es kam vor, dass sie Pater Henrik zufällig auf der Straße begegnete. Dann grüßte er freundlich und plauderte ein Weilchen über dies und das, schien es aber immer irgendwie eilig zu haben.

Sie ging nicht mehr zur Kirche. Es gab Leute, die sie nicht mehr grüßten.

Jeden Tag bat sie hinter verschlossener Tür in ihrem Schlafzimmer um Vergebung.

Die Jahre vergingen, und sie begann zu hoffen, Vergebung gefunden zu haben. Doch dann ...

Elin brach ab und strich mit dem Zeigefinger über Rufus' Leine auf dem Tisch.

An jenem Nachmittag waren sie über Hangö Östra gekommen. Es wehte ein frischer Wind aus Südwest. Schön hatten sie im äußeren Fahrwasser gekreuzt, es war richtiges *Alkyone*-Wetter, unterwegs hatten sie fünf moderne, übertakelte Boote überholt, die vor allem damit beschäftigt waren, Segelfläche zu reduzieren. Draußen vor Östersjöport holten sie die Fock ein – der Wind hatte auf sechs Beaufort aufgefrischt – und ließen den Motor an. Sie fierte die Großschot, ging in den Wind, warf das Fall los und war im Begriff, den Traveller nach mittschiffs zu ziehen, als sie ihren Mann sagen hörte: »Das Groß hängt fest.«

Sie steuerte weiter langsam gegen den Wind. Das Boot stampfte und rollte in den Wellen. Das Großsegel killte und knallte im Wind, und der Baum tanzte über ihrem Kopf.

»Der Schäkel muss sich am Block im Topp verklemmt haben!«

Und das Großsegel flatterte und knallte.

»Du weißt, wie sich das anhört«, sagte Elin. »Es ist fast, als würde es sprechen.«

Im selben Moment hatte sie gehört, dass es nicht sprach, sondern schrie, und zwar immer dasselbe Wort, wieder und wieder: »Paenitet, paenitet!«

Aber sie hatte doch bereut, sie hatte um Vergebung gefleht, Mal um Mal.

Mit einem markerschütternden Knall krachte die *Alkyone* in ein Wellental. Ihr Mann verlor den Halt und stürzte aufs Deck.

Sie fiel ein wenig ab, um das Boot zu stabilisieren. Dann luvte sie wieder an. Das Großsegel sank höchst artig herab, die Mastrutscher rasselten, das Segel legte sich auf den Baum, alles genau so, wie es sein sollte.

Am Abend gingen sie früh zu Bett. Ihr Mann hatte sich den Fuß verstaucht, und sie wollte bloß schlafen.

Sie träumte, er wäre über Bord gegangen. Die Wellen nahmen ihn mit sich, sein Kopf war ein kleiner Korken, den Gischt sprühende Wogenkämme vor sich hertrieben, und sie musste machtlos zusehen.

Da hatte es angefangen.

Rufus kam unter dem Tisch hervor, machte ein paar tapsende Schritte zur Tür, setzte sich und gähnte.

Da hatte es mit den Träumen angefangen.

Sie vergisst ihm zu sagen, dass er sich anschnallen soll, und im nächsten Augenblick kracht es, er wird kopfüber durch die Windschutzscheibe katapultiert und zerschmettert an einer Felswand. Sie hievt ihn mit dem Spinnakerfall in einem Bootsmannstuhl am Mast hoch, damit er das Großfall losmachen kann, das sich im Topp verklemmt hat, aber sie belegt das Fall nicht an einer Klampe, und er fällt und fällt und schlägt aufs Deck und bleibt liegen.

Bald gab es kein Unglück mehr, das ihm nicht zugestoßen wäre.

»Er begreift es nicht«, sagte Elin, »er gehört ja nicht einmal der Kirche an, aber er ist unschuldig. Ich ertrage den Gedanken nicht, dass ihm etwas zustoßen könnte.«

Rufus rückte näher zur Tür, sah mich an und winselte.

Sie hatte geträumt, wir würden zu dritt vor dem Altar stehen. Da fiel plötzlich ein Leuchter von der Decke und zerschmetterte Olof unter sich. In kalten Schweiß gebadet, hatte sie sich in grauer Dämmerung an den Computer gesetzt, um ihren Traum aufzuschreiben. Das hatte sie sich angewöhnt, sie sammelte ihre Albträume in einem Ordner mit dem Namen *paenitet*. Lange hatte sie dagesessen und auf das Geschriebene gestarrt, dann war der Bildschirm plötzlich schwarz geworden. Im nächsten Augenblick war ein leises Klicken zu hören, der Bildschirm wurde wieder hell; aber der Text war verschwunden. Der Bildschirm war weiß und leer.

Da hatte sie verstanden.

Ihr war klar, dass für mich alles ziemlich überraschend kam. Aber es musste ja kein Drama werden, wir brauchten ja nicht zusammenzuziehen. Wir mussten nur heiraten, ein zweites Mal. Wir mussten versuchen, das Geschehene ungeschehen zu machen. Wir mussten bereuen.

»Heißt das auch, dass du ihn verlassen wirst?«

Sie faltete die Hände im Schoß und betrachtete sie. Sie sah traurig und völlig hilflos aus.

»Eine bessere Lösung fällt mir nicht ein.«

Die Musik war verstummt. Die Schulmädchen waren gegangen. In der Küche klapperten Töpfe. Wir saßen allein im Café.

»Ich glaube, der Hund muss mal raus«, sagte ich.

Sie bat mich, ihren Vorschlag zu überdenken. Sie würde sich wieder melden.

Ich machte mich auf den Heimweg. Wind war aufgekommen. Das Laub wirbelte durch den Park. Rufus zog dorthin, er wollte Blätter jagen, aber wir gingen geradewegs nach Hause.

Die Idee war doch absurd.

Aber ich brachte es nicht über mich, ihr das zu sagen; nicht, nachdem ich ihr Gesicht gesehen hatte, als sie lange vor einem zur Hälfte gegessenen Berliner saß, ihn anstarrte und sich schließlich erkundigte, ob der Hund ihn vielleicht haben wolle.

E s war im Spätwinter. Ich erinnere mich, dass Venus an dem Abend besonders klar zu sehen war. Ich wurde frühmorgens in der Diele wach, noch vollständig angezogen. Rufus winselte und leckte mir das Gesicht. Ich redete ihm gut zu.

»Ist nicht schlimm«, sagte ich. »Menschen kommen und gehen. So sind sie. Ich rufe Bosse an, der wird dich nicht im Stich lassen. Es wird alles gut, Rufus.«

Der Hund saß still und guckte mich mit seinen braunen Augen an.

ch rief Christian an. Er klang beschäftigt.

»Bist du vielleicht gerade in einer wichtigen Besprechung?«

»Ich bin immer in wichtigen Besprechungen«, antwortete er. »Was gibt's denn?«

»Rufus.«

»Ja, was? Ist er tot?«

»Nein.«

»Ist er krank?«

»Nein, aber ich überlege, ihn an Bosse weiterzugeben, damit der sich um ihn kümmern kann, sofern du nichts dagegen hast.«

»Warum?«

Plötzlich ertönte eine fremde Frauenstimme in der Leitung: »Jerusalem, do you hear me?«

Dann wurde es wieder still.

»Da wird es ihm besser gehen, glaube ich.«

»Wieso?«

»Für mich wird es ein wenig beschwerlich.«

»Wieso das denn? Willst du verreisen?«

»Vielleicht.«

»Welcher Bosse denn?«

Er wohnte in einem Reihenhaus im Norden von Herto-näs. Rufus saß, seiner Gewohnheit treu, auf dem Rück-sitz und guckte nach draußen. Er mochte es, Auto zu fahren. Wahrscheinlich fühlte er sich hinter den geschlosse-nen Türen und Fenstern sicher. Manchmal konnte er, wenn er einen anderen Hund entdeckte, richtig zu toben anfangen, dann bellte und knurrte er wie ein Angeber.

Vor Bosses Haustür setzte er sich plötzlich auf die Hinter-läufe. Ich musste ihn ins Haus zerren wie einen störrischen Esel.

Zum Glück hatte Bosse Besuch von seinen Enkelkindern, zwei kleinen Mädchen, die im Wohnzimmer mit ihren Ku-scheltieren spielten. Rufus hörte augenblicklich auf, wider-spenstig zu sein, trippelte auf leichten Sohlen zu ihnen hin, setzte sich in die Mitte zwischen sie und guckte von einem zum anderen.

Bosse ging mit mir auf einen Kaffee in die Küche.

»Du hast verkauft«, begann er. »Das war sicher klug von dir.«

Ich zog Rufus' Lieblingsdecke aus einer Plastiktüte.

»Wenn du die in die Waschmaschine steckst, redet er eine Woche lang nicht mit dir.«

Vor Bosses Küchenfenster wuchs Wilder Wein. Die Sonne fiel durch die Scheibe und warf ein schönes Muster aus Licht und Schatten auf den Küchentisch.

»Er ist ein etwas komischer Hund, hat vor fast allem Angst, außer vor Kindern.«

»Hört sich gescheit an.«

Aus dem Wohnzimmer hörten wir die Kinder von Rufus'
weichen Ohren und krausem Fell schwärmen.

»Hast du überhaupt mal wieder zu Hause vorbeigeschaut?«,
erkundigte sich Bosse.

Manchmal nannten wir die Werkstatt unser Zuhause. Es
war gar nicht mal so verkehrt.

Bosse war an einem Nachmittag vor langer Zeit in die
Werkstatt gekommen. Er erklärte, er sei Lehrer für Werken
und habe keine Lust mehr auf seine Schüler. Er hatte keine
Papiere, keine Empfehlungen. Von unserer Branche hatte er
keine Ahnung. Wir unterhielten uns eine halbe Stunde, dann
war alles klar. Ich hatte immer ein gutes Händchen bei den
Leuten, die ich eingestellt habe, das war ein wichtiger Be-
standteil meines Erfolgs.

Ich schüttelte den Kopf.

»Ich auch nicht«, sagte er.

Er nahm noch immer fünf Stück Zucker in den Kaffee.
Dann seufzte er.

»Was vorbei ist, ist vorbei. Aber es fällt doch schwer, sich
damit abzufinden.«

An der Wand hing ein Foto von uns beiden vor einem neuen
Ofen. Darauf sahen wir jung und tatkräftig aus.

»Ohne dich wäre ich niemals zurechtgekommen.«

Er rührte in seiner Tasse.

»Stimmt.«

Er sah mich amüsiert an.

»Wenn du die Jungs nicht zum Verzicht überredet hättest …«
Er lachte.

»Wenn es um die Firma ging, hättest du den Teufel über-
reden können, sonntags in die Kirche zu gehen.«

Rufus kam und legte sich vor meine Füße. Bosse kraulte ihn eine Weile hinter den Ohren.

»Und wie steht es um dich, Harald?«

Ich erzählte es ihm, aber nicht alles. Das wäre gerade in diesem Moment zu viel gewesen.

»Steh mal auf«, sagte er zu mir.

Dann kam er zu mir und legte die Arme um mich.

Ich konnte nicht einfach zusammenklappen, wie ich es am liebsten getan hätte, schon um des Hundes willen nicht; er wäre ja ganz durcheinandergeraten.

Dann wurde es Zeit zu gehen.

»Rufus«, sagte ich, »benimm dich!«

Als ich ging, blieb er liegen und sah mir nach. Er kam nicht mit zur Tür.

Es dauerte eine Zeit, aber dann rief sie wieder an. Ich dachte schon, sie hätte alles vergessen, es sei bloß ein spontaner Einfall gewesen, eine verzweifelte Eingebung in einer persönlichen Zwangslage.

Sie klang aufgeregt, musste mich so schnell wie möglich treffen, am besten noch am selben Abend, am besten um halb acht im *Mamma Rosa* am Tölö-Platz.

Gegen Abend kam ein Gewitter auf, ein halbherziges Septembergewitter, das nur in der Ferne grollte. Aber es gab Wind und heftige Regengüsse. Vor dem Restaurant *Elite* machte mein billiger Regenschirm knacks, und es blieben nur gespreizte Speichen übrig. Ich trabte am Mehiläinen-Krankenhaus vorbei, ein junger Mann im Anzug stand im strömenden Regen am Eingang, rauchte eine Zigarette und weinte.

Ich setzte mich an einen Tisch am Fenster. Bei einer schwangeren Kellnerin bestellte ich ein Glas Rotwein. Draußen am Taxistand wartete ein Vater mit seiner kleinen Tochter auf ein Taxi. Er hatte seinen Mantel ausgezogen und ihn der Kleinen wie ein Zelt umgehängt.

Menschen eilten vorbei, Menschen auf dem Weg zu ihren Angehörigen und zu ihren Angelegenheiten, Menschen auf der Flucht vor dem strömenden Regen.

Ich bemerkte nicht, dass sie kam. Auf einmal saß sie mir gegenüber und trocknete sich das Gesicht mit einem Papiertaschentuch.

Sie hatte sich die Haare abschneiden lassen, kurz wie bei einem Schuljungen.

Das irritierte mich. Sie sah fremd aus, als sei sie ein anderer Mensch geworden.

»Auf welchem Altar hast du sie dargebracht?«

Sie hörte mir nicht zu, denn es war ernst geworden. Jetzt war Eile geboten.

Olof war eine Woche zuvor in einem Kaufhaus Opfer eines geradezu abstrusen Unfalls geworden, einer Verkettung von an sich völlig unverbundenen Ereignissen, deren Zusammentreffen sie nicht einmal in ihren wildesten Träumen zustande gebracht hätte. Es hätte ihn um ein Haar das Leben gekostet.

»Und jetzt hast du auch noch Krebs!«

Sie hatte es irgendwo in der Stadt gehört. Auch das war eine Warnung, das wusste sie.

Jetzt wollte sie eine Entscheidung von mir.

Die schwangere Kellnerin kam an unseren Tisch.

Elin bestellte Tee.

Sie sah mir in die Augen. Sie wollte eine Antwort, auf der Stelle. Es sei mir doch wohl klar, dass es um jetzt oder nie gehe.

Sie tat mir so unendlich leid. Ich hätte von Anfang an Nein sagen sollen. Es war doch völlig unmöglich. Es handelte sich um die Fantasien eines gequälten und verwirrten Menschen und sonst nichts. Es war ein unsinniger Vorschlag. Ich hatte keine Lust, und ich hatte kein Recht, auf ihn einzugehen.

Sie saß eine Zeit lang unbeweglich da und blickte aus dem Fenster. Der Platz hatte sich geleert, nur ein paar Autos mit gelblichen Augen und roten Hecklichtern glitten über den nassen Asphalt.

»Natürlich«, sagte sie.

Dann ging sie, ohne ihren Tee angerührt zu haben. Ich

sah sie quer über den leeren Platz gehen. Die ganze Zeit lag hinter ihr ein Schatten auf den nassdunklen Pflastersteinen, obwohl ich nicht erkennen konnte, von welchen Laternen das Licht stammte, das ihn warf. Der Regen fiel auf ihren dunkelgrauen Mantel und ihr kurzes Haar. Dass ein Rücken so viel Verlassenheit ausstrahlen kann, dachte ich.

Die Sonne ist untergegangen. Wie schnell die Dunkelheit um diese Jahreszeit auch hier in den Schären kommt.

Der Wind ist vollständig abgeflaut. Das Wasser in der Bucht liegt bis zum Horizont vollkommen still und spiegelt den Abendhimmel wider. Die Venus ist nur ein kleiner Punkt im Südwesten.

Das Ufer im Süden liegt voll großer Steine. Wie wenig es sie kümmert, ob es mich gibt oder nicht.

Auf einem von ihnen sitzt eine Silbermöwe, beobachtet ein Gänsesägerweibchen mit drei Jungen. Die Alte gluckst ängstlich und versucht, ihren Nachwuchs zusammenzuhalten. Die Möwe sitzt still da und wartet auf ihre Gelegenheit.

Ich lege diese Blätter jetzt ganz unten in meinen Rucksack. Vielleicht wird sie jemand lesen, vielleicht auch nicht. Man wird sehen.

Ich würde gern gehen und mir den Leuchtturm an der westlichen Landspitze ansehen. Elin hat einmal etwas Schönes über Leuchttürme gesagt, dass sie immer da sind, wenn jemand sie braucht, und auch dann, wenn keiner sie braucht.

Aber ich schaffe es nicht. Die Schmerzen im Bauch haben wieder eingesetzt. Im Osten, weit weg, bellt ein Hund.

Die Übersetzung wurde gefördert von FILI – Finnish Literatur Exchange.

FINNISH
LITERATURE
EXCHANGE

August 2020
DuMont Buchverlag, Köln
Alle Rechte vorbehalten
Copyright © Johan Bargum, 2011
Die schwedische Originalausgabe erschien 2011 unter dem Titel
›Seglats i september‹ bei Söderströms, Helsinki.
Copyright Deutsche Erstausgabe © 2014 by mareverlag
GmbH & Co. oHG, Hamburg
Übersetzung: Karl-Ludwig Wetzig
Lektorat: Rudolf Mast
Umschlaggestaltung: Lübbeke Nauman Thoben, Köln
Umschlagabbildung: © akg-images/André Held
Satz: mareverlag, Hamburg
Gesetzt aus der Quadraat
Druck und Verarbeitung: CPI books GmbH, Leck
Gedruckt auf säurefreiem und chlorfrei gebleichtem Papier
Printed in Germany
ISBN 978-3-8321-6475-1

www.dumont-buchverlag.de

»›Nachsommer‹ ist ein Buch von
schwebender Leichtigkeit.«
NEUE ZÜRCHER ZEITUNG

144 Seiten / Auch als eBook

Ein Landhaus in den finnischen Schären: Zeitlebens hat Olof im
Schatten seines Bruders Carl gestanden. Als die beiden Männer am
Sterbebett der Mutter wieder aufeinandertreffen, brechen alte
Konflikte auf. ›Nachsommer‹ ist ein Buch, das lange nachhallt:
melancholisch und voller Witz, abgründig und doch lebensbejahend.

www.dumont-buchverlag.de